324 Mendoza

Denis Fortún Bouzo

Título original: *324 Mendoza*
© Denis Fortún Bouzo, 2017
© Primera edición, CAAW Ediciones, 2018
ISBN: 978-1-946762-08-5

Foto de cubierta: © Alan Pedroso
Foto de autor: © Eduardo Rodríguez
Diseño de cubierta: Arnaldo Simón
Prólogo: Armando de Armas
Edición: Yovana Martínez
Texto de contracubierta: Zoé Valdés

Este título pertenece al *Catálogo Erótika* de CAAW Ediciones.
CAAW Ediciones es la división editorial de Cuban Artists Around the
World, INC.

A mi madre, mis tres hijos…

A ti, que hubiste de ser Karla alguna vez…

El universo de Mendoza

Prólogo

Conocí a Denis Fortún a inicio de los ochenta en Cuba. Me lo presentaron en la cervecera de la plaza del Malecón, en Cienfuegos. Me pareció un buen muchacho que aspiraba a ser malo. Pensé, buena señal, al menos no es conformista. Luego, alguien le dijo que yo era escritor, *rara avis* en el ambiente en que nos movíamos, y me confesó lo que llamó su *debilidad* por la literatura. Pronto empezamos a compartir mesa cada noche con otros amigos en el cabaré Guanaroca del Hotel Jagua. Era muy imprudente. Se metía en problemas, a veces con tipos peligrosos, sin saber que lo eran. Estábamos al margen de casi todo, y una madrugada no tuve otra opción que salvarle la vida, creo que me lo agradece. Ese día, pensé, el chico hace progresos, y agregué en mí discurrir... *tiene uno de dos caminos para escoger: será delincuente o será escritor.* Por suerte terminó de escritor. Pero aún no escribía.

La revelación escritural ocurriría en La Habana. Habíamos viajado desde Cienfuegos a vender oro a un presunto comprador. Denis era el intermediario y nos albergábamos en su apartamento de Nuevo Vedado. Estuvimos varios días a la espera del comprador, para mostrarle mis muchas morocotas, pero cuando este apareció nos pudimos percatar que no poseía dinero suficiente ni para adquirir una pobre pepita.

Mientras acampábamos en su casa, nos dimos a jugar silo, beber y leer. Recuerdo que a ese contrabando áureo frustrado debo la lectura de dos obras fundamentales que parecían aguardarme en la surtida biblioteca de la tía de Denis:

Doctor Zhivago, de Boris Pasternak, y *La piel*, de Curzio Malaparte. Una madrugada, Denis me despierta intempestivamente, pensé de pronto que la policía había allanado el apartamento, o que los ladrones habían entrado a apoderarse de mi bolsa de oro, o que el edificio había cogido fuego. Pero no, era que Denis había escrito lo que optimista nombraba su primer cuento, y eufórico quería mostrármelo. Lo miré por entre las madejas del sueño y le dije: «*Brother*, a esta hora yo no leo un cuento, ni de Cervantes si resucita y me lo pide». Con el devenir del tiempo, él ha contado que dije Vargas Llosa, y últimamente que García Márquez. Sin embargo, estoy seguro de que dije Cervantes, pues, si no, el término *resucitar* que daba sentido a lo inopinado de osar despertarme a esa hora, no hubiese tenido lógica, y en ese tiempo García Márquez ni soñaba con morirse, y Vargas Llosa sobrevive aún.

Denis nunca más me mostró un escrito. Luego, un día, yo hube de escapar de esa isla del infierno, y acá en el exilio vivía con el cargo de conciencia de haber quizá frustrado por mi mal carácter la carrera de un buen cuentista. Diez años después lo volví a ver en Miami, y ya mi vaticinio de que sería delincuente o escritor se había cumplido: era escritor. Poeta, excelente decimista por más señas. Siendo habanero, no sé de dónde le vendría esa veta bucólico-pastoril, pero la tenía, sazonada además con algo de la crónica urbana; del aeda aturdido que canta a las rufas rajando en las ranflas. De esto último al narrador no había más que un paso.

Fortún ha publicado los poemarios *Zona desconocida* y *Serio divertimento*, además de los volúmenes de relatos *El libro de los Cocozapatos* y *Dile que no me devuelvan*. Ahora el autor nos entrega la novela *324 Mendoza*. Una crónica urbana de la vida en un pequeño edificio de apartamentos del exclusivo Coral Gables. Creo que no abunda la literatura cubana que refleje espacios cerrados habitados, aunque está el antecedente, al menos, de la novela *El todo cotidiano* (París, 2010), de Zoé Valdés, pero mientras Zoé extrapola la acción desde el edificio de apartamentos al escenario parisino e internacional, Denis permanece impertérrito dentro del diminuto universo de las cuitas, conflictos y placeres del protagonista y sus vecinos de la colmena estilo art decó de la calle Mendoza.

Fortún ha escrito una novela sin pretensiones, pero que se deja leer con el morbo de quien asiste al espectáculo de la intimidad de los otros desde atrás de un telescopio y con impunidad total, *voyeurismo* literario que ancla en linajes tan nobles como el engendrado por James Joyce en el *Ulises*.

Así, leemos erotizados... «La imaginación de la chiquilla es fértil, perturba un poco al dueño fotógrafo. La mía se desata, saboreo cada gesto: se amolda su abundante pelo rojo, se reclina en el sofá boca arriba, se arquea y empina sus senos, los sostiene, dejando caer su cabeza hacia atrás, y queda así por varios segundos, después se pone boca abajo, apoyándose en sus rodillas, levantando sus nalgas macizas; por fin se incorpora, sentada pasa sus manos por los muslos y mueve los hombros, a un lado, a otro, con sobrada cadencia, mordiéndose el labio inferior con refinada sensualidad, transformando su rostro en una mueca cuajada de placer, sonriendo siempre, hasta que se recuesta de nuevo, separa por completo sus piernas y con su mano derecha levanta una, sosteniéndola en alto.

La modelo hace alarde de su centro púrpura, como de hembra negra, que contrasta sobremanera con su piel caucásica. El dueño fotógrafo se paraliza y la contempla sin que apriete el obturador. Ambos permanecimos literalmente congelados, adorándola cada uno desde su espacio. La chica, en cambio, reía discretamente y gozaba sabernos inmóviles. Yo, por el tono verde de sus zapatos, su pelo rojo y su fresa deliciosa, se me antoja un adorno de Navidad que quiero colgar en un arbolito nada más para ella, y me provoca unas ciclópeas ganas de saltar desde el segundo piso...».

Bruno nos cuenta su crisis existencial, un amor perdido, otro que nunca recupera, un vacío que pretende llenar con sexo, y una vida muelle. Sus vecinos no aspiran tampoco a mucho más, en su mayoría artistas, modelos, sobrevivientes y gente aún peor... «Y ahí sigo, en una suerte de limbo, del que salgo y entro. Vivo a ambos lados de una frontera que en ocasiones se hace infranqueable para la felicidad plena y que gracias a Dios no es tan monolítica, debo reconocer, pues más de una vez he logrado atravesarla para el lado bueno. Una felicidad que tuve con Amalia y trasegué a Karla, sin que se prendiera todo lo que quise».

Personajes cuya máxima preocupación no parece pasar de darle contento al cuerpo, recibir del otro, y llegar, aunque sea, a fin de mes con sus magras finanzas y poder pagar la renta al dueño del edificio, que además es fotógrafo. Un retrato de *El hombre sin atributos,* de Robert Musil, no en Austria a inicios del siglo XIX, sino en Coral Gables a inicios del siglo XXI. Leemos: «Logan me aseguró que la chica procura castigarme de manera cruel, incluso con sadismo, y lleva en su cartera un rollo de soga, unas tijeras de proporciones considerables, y un *spray* pequeño con gas pimenta; que está dispuesta a lo que fuese con tal de que yo pague mi deuda. Logan me observa con una discreta sonrisa aflorando en sus labios y me da una palmada en el hombro con afecto».

Denis, en ocasiones, se piensa deudor del maldito poeta estadounidense de origen alemán Charles Bukowski, pero quizá lo sea más del novelista estadounidense de origen ruso Vladimir Nabokov, pues mientras Bukowski se vale del efectismo de las situaciones límites, Nabokov es más de sublimar la cotidianidad, de literaturizar las simples situaciones, no tanto en su famosa novela *Lolita* (1955), como en su voluminosa obra cuentística menos conocida. Denis no busca grandes dramas que narrar, sino, encuentra al azar esos pequeños dramas del hombre pequeño, a veces amoral, para armarnos una narrativa no exenta de interés. Acá un ejemplo… «Un gato blanco se lanza de la rama del cocotero y se queda con nosotros, pero no es el sedentario de la vecina de enfrente. Este es delgado, se mueve con mucha vitalidad, cariñoso, además, y me maúlla muy quedo, mirándome como si pretendiera confesarme alguna historia de gatos, en su lenguaje de gato, que yo irremediablemente no comprendo».

A pesar de que Denis Fortún se empeña en desprenderse de lo nacional en la escritura de este texto, lo cierto es que con *324 Mendoza* se nos viene a revelar como un autor para tener en cuenta dentro del panorama de las letras cubanas, dentro y fuera de la isla. Digamos así, que su Coral Gables es más habanero de lo que él se piensa. Aún más, la atmósfera del pequeño edificio de apartamentos, que protagoniza esta novela, parece por momentos un remedo de aquellas noches húmedas en el cerrado reducto del cabaré Guanaroca de Cienfuegos.

Armando de Armas
Miami, 2018

Un hombre está mirando a una mujer
Está mirándola inmediatamente con su mal de tierra suntuosa.

César Vallejo

Era un amor a primera vista, a última vista, a cualquier vista.

Vladimir Nabokov

Paloma, la de mi sueño

Pido un café, le cargo una minidosis de coñac. Enciendo un tabaco corto, bien fino, y soplo el humo con sobrado histrionismo. De regreso me tropiezo a una paloma blanca. Camina bien pegadita a mis pies, en zigzag, sacudiendo su pescuezo adelante y hacia atrás como si danzara. Recuerdo una glosa que escribí, ya ni me acuerdo, por una décima de Serafina Núñez. Recito un fragmento y lo hago en voz baja, capaz me vean hablando con una paloma y me tomen por loco. Creo le gustan mis versos y asumo que me regala una sonrisa, mímica que va cargada de insolencia, la que no cabe en su apretado pico.

Entro en el Chrysler, apenas reclino hacia atrás el asiento, abro el chucho —*switch* diría Karla—, enciendo el aire acondicionado y bajo los cristales. Otro sorbo de café y coñac, se calientan mis orejas. Le sigue el tabaco y repito la pantomima del soplido, ahora más fuerte. Persigo el humo y medito: fumada y reflexión se integran.

Miro alrededor del *shopping plaza*, voy a extrañarlo. Demasiados sábados desayunando los dos en La Dulcería; después intentando ella convencerme cuál es la mejor carne para asar, y yo, como si fuese un experto, contradiciendo su elección, para concluir aceptando su voluntad. Por la tarde, un par de horas en la piscina y un par de cervezas cada uno. De vuelta al apartamento, en la parrilla nos espera un buen churrasco, a veces picaña, y por aderezo únicamente sal gruesa. Por supuesto, unos cuantos vasos de aguardiente, con hielo, azúcar, limón macerado; la música siempre la que prefiera, las mujeres mandan y cuando lo saben hacer con sutileza no hay porqué objetar. Luego la noche, y amarnos. El domingo es día de pausa, de almuerzo en algún restaurante cercano, y al regresar una película.

El fin de semana se me antoja que no hay savia mejor que la sufrida bajo la tutela de un capitalismo cruel, al amparo de un buen asado y dos, tres, cuatro caipiriñas lo bastante fuertes, en un condominio geográficamente oportuno, con suficiente parqueo, cercado por una vegetación sumamente cuidada y bellos lagos con patos, muchos patos, obesos de tanto pan, felices por tanta paz y la complacencia de algunos vecinos, a menos que les den por cruzar Sunset Boulevard.

El lunes es otro asunto, desde muy temprano se impone ese «férreo mercantilismo que me explota», que persiste hasta el viernes próximo, que te pone violáceo en ocasiones, pero no te asfixia del todo y acaba por tonificar la existencia de un asalariado que gusta del consumo, la buena vida, la diversidad. Así se desarrolla el ciclo que abona a mi bienestar. Dicho sea de paso, con el convencimiento engordando a diario, que el socialismo es una venerable mierda, por muy seductor que parezca a los ojos de los *progres* y los pobres de la tierra.

Viene la paloma, se posa esta vez encima del capó del Chrysler. Insiste en registrarme con sus pequeños ojitos a través del parabrisas. Se queda prácticamente congelada –la muy paloma–, un ademán extravagante entre las aves. Escucho un borbollón que presumo es verbo de heraldo plumado que trae encomiendas trascendentales, lenguaje que recuso, no procuro mensajes a mi suerte. Abro la guantera, saco un disco al azar, repaso los años que Amalia y yo gastamos juntos. Me pregunto qué me depara el *destino*, a partir del instante en que yo salga de su vida. Una canción me ofrece consejos sentimentales: *si la soledad te enferma el alma...* «¡Vete al carajo!», le digo a Fernando Álvarez y quito el disco, aunque disfrute su bolero. No es este un minuto para jaleas melancólicas, que no sospecho aumentativas y, en todo caso, figura la exploración para escarmientos mayores. La vida se encarga de reiterar la piedra. La vida está atiborrada de piedras y yo soy un pedrero por excelencia. En alguna parte está escrito que lo malo no es tropezar, lo terrible es encariñarse con el aerolito.

Reviso por segunda vez la guantera. Tal vez otro disco con canciones más al norte, así lo prescribe mi estado de ánimo, mi preferencia por la música anglo. *I close my eyes, only for a moment, and the moment's gone.* Termino apostando por la radio. ¡¿La paloma...?!

Kendall es una municipalidad enorme en medio de una ciudad como Miami, para algunos una pequeña aldea, sobre todo aquellos *criollos olvidadizos*, que, huyendo de la inopia, corriendo mundo muchos de ellos como parias, llegan acá con rebosados humos cosmopolitas. Ahí está Karla y su idilio con Ciudad México —obvio que no conoce Buenos Aires—, después Barcelona, finalmente París —la más amada de sus amados emporios—, que hace ella vea todo muy campesino, inclusive feo. Miami, para mí, una metrópoli joven, imperfecta, mimética, coqueta a veces, un considerable espacio de sorprendente cartografía, complicado incluso para el vuelo de una paloma.

My name is Bone

Bone, *my name is Bone*, la morriña se contrae súbitamente. Muy próximo a mi ventanilla derecha parquea una muchacha que aparenta unos treinta años, de cara bonita y boca sensual pintada de rojo intenso, acentuando sus labios. Sus ojos, desde donde estoy, parecen claros, y tiene el pelo sobre los hombros, castaño, casi rubio. Al bajar de su auto –un BMW, para ser más exacto– descubro su figura. Es una chica bastante delgada, pero no hablo de ese hueso axiomático y punzante que sospecho pródigo de tuétano, sino de aquel que resulta hermoso por la economía de carnes que lo envuelve, con curvas preciosas y precisas. Me mira con desconfianza, casi con desprecio, yo la fusilo de arriba abajo. Su camisa breve de corte mariquita náutica muestra su ombligo agraciado, perfecta su redondez, en medio de una barriguita sin una gota de grasa. Más arriba sus senos, pequeños, sin la restricción que supone el uso de sostenedores. Unas teticas vitales, insolentes, que disfruto a medias por una de las orillas de su blusa sin mangas, permitiéndome complacerme con la insinuación que invita su descuido. Sus caderas, tocadas por una discreta escoliosis, subrayan la estrechez de una cintura que garantiza, sin lugar a duda, la regeneración de mis fragmentos: nada como el talle de una hembra huesuda para recomponer el ánimo de un hombre. Su corta saya a cuadros me regala un par de piernas largas con unos muslos que literalmente me hacen la boca agua; sus nalgas son preciosas, redondas y empinaditas. Va sobre unos tacones negros de suela roja y se menea con garbo. Se me antoja en ese segundo que la *chiquita* representa el *non plus ultra* de la *ricura* hecha hembra. Una imagen que voy a recordar, quizás, toda mi vida. Insisto, no hay mejor antídoto para la congoja que una flaca, *el beso de una flaca*. El punto radica en tropezarse con la *gata* adecuada, de poco peso corporal. Mejor, si como gravamen que la maldice, está el sortilegio de una ligera desviación en su columna vertebral, referencia que la distingue sensualmente. La joven entra a La Dulcería y me desconecto de su *sublime delgadez*. Voy de regreso a mi drama.

Refundar mi existencia es un evento –llamémoslo así– que me provoca desconfianza. Sucede cuando me acontece algún cambio radical y lo visualizo como si el ave Fénix no tuviese la suficiente ceniza al momento de vivificarse –en cada achicharrada merma el polvo–, generándome cierta incertidumbre que, a falta de pavesa, el retorno del pájaro alguna vez no será todo lo pleno que demanda, aun cuando siempre vuelve. Sin embargo, las dudas se desvanecen a medida que consigo retomar las riendas de ese caballo perturbado que es la vida, trance que algunos hoy día denominan resiliencia. Si disgregarse es un acto que lacera, igual me estimula a promover de nuevo el viaje, la irrevocable resurrección del ave –¿suena eso elevado?–, que contrariamente para mí habita en el rabo de un lagarto.

Tiro el vaso desechable al parqueo, le sigue el tabaco. Si Karla hubiese estado, la bronca habría sido increíble. Karla es *El Capitán Planeta*, el tipo de mujer que pega un catarro y asegura está sufriendo una alergia severa a consecuencia del polen, así sea en la Siberia. Y si tiene coriza, alguna vez, se lamenta de lo reiterado e impertinente que le resultan esos «fluidos nasales» que sufre debido a un *environment* agresivo. Karla es así, promueve la higiene colectiva como una cruzada, en la que certifica, esa es la única opción que nos salvará como especie. Y es cierto, no hay porqué cagar el entorno. Debemos salvaguardar este controvertido y frágil ecosistema hasta del ruido, esa horrible polución sonora con la que también convivimos –Karla afirma esto último con su *carita de tercera dimensión* mostrando una simulada congoja, su manita derecha en el pecho, sujetándose su imaginario collar de perlas–. El caso es que, por el sabor de su vagina acuosa, apenas si le doy valor a sus manías y puedo terminar afiliado al partido de los Verdes, adorar a Al Gore y asumir que el deshielo es inaplazable, al punto que adopte a un oso polar; irme a Japón a proteger las desdichadas ballenas; medir cada doce horas el diámetro del hueco en la capa de ozono; establecer mi propia lucha a favor del universo, y por bandera llevar una tela blanca con una foto de ella mostrando su conspicua sonrisa. ¿Qué no hace un hombre cuando le gusta una hembra? ¡El más patético ridículo!

Cierro los cristales, protesto mentalmente por el tufo. Amalia lleva razón, Karla también, el olor es irresistible, el vicio es impertinente. Me marcho y por el retrovisor distingo a la flaca retornando a su auto, ahora en compañía de un sujeto enjuto y no muy bien vestido, que no vi antes, que carga una enorme caja de cartón blanco, que supongo trae un *cake* dentro, tipo que contrasta considerablemente con ella, tan refinada, tan divina. En este segundo, la flaca se me antoja el pájaro, el rabo del lagarto, la felina sin grasa que porfía su huella, a pesar de que descubras un día que su habitual aspaviento es un corolario de estafas, un arañazo fuerte del que no coagulas como se espera.

Y a punto estoy de frenar, bajarme, preguntarle su nombre, la hora, el día que corre, conversar cualquier cosa. Fue cuando se me ocurrió que debía llamar a Delio. Quién mejor que él, que conoce a todos en Miami.

324 Mendoza

La tarde que fui por primera vez a 324 Mendoza Avenue descubro que el lugar mágico del que me hablaba Delio con tanto entusiasmo, y que en apariencia luce una construcción sólida, por dentro se muestra tal y como es: un predio a punto de caerse. Me pregunto cuánto tiempo hace que Delio no viene a este espacio de mierda, al que he de integrarme irremediablemente.

Un inmueble repleto de humedad, en constante penumbra, con una alfombra gastada que alguna vez fue verde y que imagino es la misma desde el día que se declaró inaugurado el edificio, y que aún hoy persiste en cubrir los pasillos de ambos pisos, las escaleras, y que sospecho está infecta, entre otros bichos de naturaleza microscópica, por una sucesión de arácnidos de respiración traqueal o cutánea, muchos de los cuales son parásitos de animales, y que, por obra de las más increíbles fuerzas que mueven al universo, terminaron en un escalón —su totalidad en este caso, el pasillo, las paredes, los apartamentos—. Bichos que temo existen dentro del culo de una vaca huesuda que intenta rumiar el poco pasto que ha merendado en un lugar tan distante de Coral Gables, como lo es un villorrio solitario y desconocido en medio de Burundi.

Una descripción liada, innecesaria, particularmente escatológica por la vaca africana, que no contribuye por infusa, pero que gusto de recrear a riesgo del desvarío porque es un cuadro que me sirve, al menos, para precisar con bambolla mi contrariedad al verme en un mundo descalificado y sucio, y que voy hacer mío luego de perder aquel, que me ofrecía un modo de vida sosegado y holgadamente higiénico, y esta vez en medio de un lugar con un tufo que se desdobla de manera discreta pero persistente, indescifrable a veces, y que llegas a no sentirlo cuando te familiarizas con su misterioso efluvio.

Tampoco me dijo Delio que 324 Mendoza parece estar poseído por espíritus, güijes, fuerzas etéreas y vigas contrayéndose por la madrugada, donde los ruidos más increíbles se amplifican, al punto que a veces llegan a estremecerme. Y aparte de los bichos microscópicos, están las cucarachas, el comején, algún que otro insecto no registrado aún por la entomología —sobre todo en el *mes cruel*—, habitando como si se tratase de una estancia para la reproducción de sabandijas dóciles, de las que no puedes deshacerte a riesgo de que la ley te castigue, tutelados por la sociedad protectora de plagas y por el dueño. Sin mencionar otros sonidos, nada que ver con asuntos extrasensoriales, de estructuras y alimañas. Vecinos *super hot*, sin que atañen preferencias amatorias, de géneros y edades. Tropel desprejuiciado que escandaliza como si se sintiesen en la obligación de hacerle saber al resto de los inquilinos que sus vidas sexuales, sus fantasías, son maravillosas, escuchando además la música alta, ya sea urbana o salsa, por lo que alguna vez he de poner un disco de AC/DC con la guitarra de Angus Young golpeando *heavy* en *Highway to Hell*. Inquilinos que comen, beben cualquier mierda y, para colmo, son tolerantes al gluten —y yo, *I'm intolerant to people who can tolerate gluten*—. Que fuman una hierba maloliente, por lo general en el patio, aunque les sirve el pasillo de abajo, el de arriba, las escaleras, sus apartamentos, no sé si la azotea, certificando es pura *Cannabis sativa,* cuando realmente ni es índica y se trata más bien de un híbrido que, según un itinerante visitador *yuca,* la venden en Allapatthat como *high quality Marijuana* y constituye un sintético peligroso que, sumado a las restantes corrupciones del edificio, enrarece aún más el aire, y huele a gas, no da risa, no da nada, como no sea volverte un ingrávido imbécil.

Pero todo esto, después de cuatro semanas y más, llega a importarme muy poco. Ya establecido en mi elegante ruina —el edificio, luego de habitarlo, descubres que todavía cuenta con su encanto, y si lo miras bien, alguna vez fue un sitio soberbio—, he comprado varios tubos de *spray* aromatizantes para mitigar *los tufillos*; un par de velas con olor a pino, que las he emplazado en el cuarto —son aromas estratégicos—; insecticidas fuertes que eliminen a cualquier bicho que se interponga en mi ruta; ácidos y desinfectantes para limpiar, sobre todo, el baño y la cocina; y hasta una que otra bocanada he compartido de la susodicha *pseudoyerba*, soy un *joker, smoker midnight toker.* Y reconozco, también son gente en su mayoría divertida, buena onda. Y es Coral Gables, ciudad favorita de Juan Ramón Jiménez, mediterránea y hermosa, con una renta prudente, que es lo más importante. Me vislumbro entonces en una suerte de atalaya, a la que únicamente los elegidos tendrán acceso.

El dueño

Si bien la primera impresión del edificio me resultó fatal, amén de que he terminado reconciliándome, la del apartamento fue peor. Su anterior inquilino, me comenta el dueño, es un músico que apenas si estaba sobrio el tiempo que vivió en el edificio, y le daba por tocar piano de madrugada. Un tipo con talento, medio loco como la mayoría de los artistas; abandonado, lamentablemente, y no tiene que jurármelo, basta con mirar alrededor; enganchado con el alcohol, su mazo de hierba, una que otra *raya*, y además del sainete del piano, daba su aquelarre intenso, ya fuese a la novia, muy buena muchacha según el dueño, o a cualquiera de los vecinos, hasta que en una oportunidad hubo que llamarle a la policía y no regresó jamás.

La bañadera está mugrienta, la cocina parece de comedor proletario, las ventanas, que alguna vez sus cristales fueron transparentes, las persianas se ven repletas de cagadas de moscas. El dueño me propone un precio que considero exagerado. Me rio con cinismo y le hago mi oferta. Después de una mueca, que asumo es de conformidad, lo deja en la cantidad que he pedido.

Bajamos a su apartamento, con una disposición totalmente contraria al que definitivamente será el mío por casi cinco años; está ubicado en la otra ala del edificio. Aparenta ser un estudio fotográfico, y la decoración se compone de un sofá de vinil azul, desencajado, repleto de grietas como cicatrices; una butaca de espaldar enorme, con un forro de terciopelo rojo deshilachado y uno que otro hueco mostrando el relleno, supongo por tantas nalgas encima durante años; tres lámparas sobre trípodes descacarañados, una con sombrilla pequeña en la punta y láminas laterales que deben colimar la luz. El cuarto se ve vacío, excepto por un viejo *chaise longue* verde en el medio, con un par de percheros colgando de un clavo incrustado en una de las paredes.

Definitivamente, el dueño no vive en Mendoza. No creo haya ser humano que pueda estar más de veinticuatro horas en medio del caos, de los innumerables trastos que guarda el tipo, desde caretas, látigos, gorras de marinero, sombreros de *cowboy*, un cepo con cadenas, más sombreros repletos de plumas y vestidos atiborrados de lentejuelas guindados en una percha... todo en medio de la sala, y muchos más tarecos que no tengo idea para qué le sirven.

Me ofrece un vaso con *whisky* y para mi sorpresa vuelve a preguntarme si por fin voy a rentarle el número siete. Le respondo que sí, sin mucho entusiasmo, y me río por la connotación de la pregunta, que prefiero imaginar no lo ha notado. En medio de tantas reglas de convivencia que me recita, sin apenas mirarme, contando el dinero que le doy como pago del primer mes de renta y otro de depósito, que presumo ha de devolverme el día que por fin me marche de Mendoza; con una monería en su rostro que subraya lo ladino hijo de la Gran Bretaña que es, el dueño me comenta:

—Soy fotógrafo. —Y agrega mirando a su alrededor, como si ese gesto me hiciera comprender el porqué de todos sus trebejos—: Estoy esperando a unas modelos que vienen desde Broward, por eso te pedí que aparecieras a tiempo. Por cierto, a lo mejor un día te tropiezas con una chiquita desnuda posando en cualquier parte del edificio. Espero no te moleste.

Por respuesta, le reembolso al tipo un guiño lo más parecido a una risita discreta, y le digo muy amablemente, pero con cierta socarronería:

—Amigo mío, la que será mi nueva *residencia* está a su disposición en pro del arte fotográfico y, en especial, al servicio de la belleza que celebra un desnudo femenino. Tengo una cama enorme —agrego riéndome, con la esperanza de que compre mi idea—, que tiene un diseño no muy común. Comparto con ella una relación muy exclusiva, y le he puesto de nombre la Kon-tiki. Con sábanas adecuadas, una hermosa hembra encima, ¿o dos?, puede funcionar para fotos.

April is a mother fucker month

Un camión de U-Haul con unos pocos bártulos: una mesa negra un tanto alta, una especie de *bar table* con dos banquetas sin espaldar, que representa mi flamante juego de comedor y mi escritorio, donde cabe solo mi *laptop* y apenas queda espacio para un vaso, preferiblemente con *whisky* y hielo. Un colchón de muelles con un forro floripondio y su *box*. Una cama *king size* no muy usual que, ya dije, se asemeja más a la Kon-tiki, que a un tálamo hecho para el reposo y otros placeres de orificios, que en noches de tristeza o *vuele* le hablo y siento que me escucha como una piadosa compañera, compartiendo conmigo innumerables sueños y complicidades, sobre todo, en cuanto a sudores y brechas se refiere. Traigo, porque no podría dejarlos, tres cajas repletas de libros, algunos que no me leeré nunca, y que almaceno por solidaridad, escritos por amigos que han publicado sus historias o versos a como dé lugar; otros porque sus carátulas y lomos son hermosos, ofreciéndole cierta majestuosidad a los dos libreros que me diera Amalia. Vienen para soporte de mi pábulo: platos, copas, vasos, cubiertos de los más baratos, un cucharón metálico y una espumadera plástica, dos calderos de teflón, un sartén hastiado de tanta freidera, lo usual para sobrevivir y no desfallecer en el intento, con una botella de Chivas por sus hombros y unos anteojos que Amalia compró por tres dólares en un *garaje sale*, que decidió regalarme a última hora, sin tener yo la menor idea de cómo y para qué usarlos, a no ser que vaya a algún partido de *baseball* o me ponga a mirar al edificio de enfrente.

Está el Gallego, un buen amigo que me ayuda a cargar los trastos más pesados, entre ellos un viejo sofá de piel que me regalara. Y Amalia, fraterna, al punto que se ha traído a su amiga argentina y limpian entre las dos el apartamento. Por cierto, hay en Amalia fusilazos de cariño y por un momento pienso que me va a pedir lo recoja todo y regrese, minutos en los que se comporta muy amorosa mientras su amiga la mira reprochándole esa ternura que me dispensa.

Es una mañana lluviosa de abril para una mudada rápida, donde terminan mojándose uno que otro mueble, y el sofá más por lo complicado al momento de meterlo en el edificio. Es la consumación de un cambio a inicios del mes cruel, porque no hay dudas, Eliot tenía razón: *April is a mother fucker month breeding Lilacs out of the dead land, mixing memory and desire, stirringn dull roots with spring rain*, con la mayoría de sus días al amparo de un signo zodiacal que he terminado odiando.

Moving foward

Me percato que he olvidado una caja de libros a la entrada del edificio. La sorpresa, Ela conversando justo en la puerta de la vecina de abajo, amiga por la que Delio supo del apartamento, y que pinta además unos lienzos abstractos enormes, como si estuviera poseída por Kandinsky. Ela pregunta asombrada qué hago aquí. De nuevo la risa, el temperamento, los ojos *chinos*.

Cuarenta y ocho horas más tarde, Ela me ayuda a colgar las fotos que me ha prestado Delio. Señala el lugar en la pared, ubicando el cuadro, y marca con un lápiz el espacio que considera mejor, desconociendo mi sugerencia, y empina sus nalgas, no se mueve, hasta que yo me acerque a clavar. Me asegura que el decorado es asunto de ella.

En una casa las paredes vacías constituyen un parapeto impreciso. Yo suelo ser un tipo figurativo y una pared sin pinturas, fotos, incluso adornos, es un muro impersonal que puede terminar siendo de lamentos, mis propios lamentos, que procuro dejarlos de la puerta hacia afuera. Una pared sin un clavo siquiera es una tarja inmensa que grita y ha de callarse, lo mínimo, con grafitis. Nadie debe establecerse en un lugar así, tan plano.

Además de rozarla con mi portañuela, la beso en la nuca, y una que otra le chupo lentamente su flaco cuello. Han sido bastantes cuellos, me asiste la certeza de dónde debo reposar mi boca con ingenio, soplar casi. Cuando Ela ya no aguanta el juego y se muestra deseosa, me aparto y le hablo sobre las innumerables ideas que me vienen para poner bonita a mi nueva morada. Ela ríe, deja en el piso la foto que ha estado sosteniendo, y me empuja encima del sofá, un mueble que, semejante a la Kon-tiki, he de rendirle homenaje alguna vez. Le abro el *zipper* de su desteñido *jean*, le manoseo su deliciosa fresa, empapada siempre, a tal punto que en ocasiones creo que se ha orinado la muy loca, y comienza el juego de *explorar los bordes*, eufemismo para nombrar el acto que luego descubrí es de los que más disfruta.

Parecerá morboso, pero mientras la masturbo, mirándole sus bellos ojos que se ponen *chinos* cuando está feliz, recuerdo la primera vez que nos vimos. Aquella noche, mientras no para de hablar, la imagino en mi cama. Apenas escucho cuando se queja de lo cansada que está de tanta mierda en su trabajo y de los jefes pendejos. En realidad, la veo como un compás en *split*. Su naturaleza me hizo suponer que sería una buena experiencia: fuma apresuradamente, bebe con sensualidad de su vaso plástico desechable lleno con vino barato, cual si se tratara de una fina copa y excelentes uvas. Compartimos vicios y se avecina una bienhechora complicidad que para nada será eterna, pero, sin duda alguna, vamos a saborear el tiempo que dure.

Ela no carga con el manojo de prohibiciones que me ha dejado Amalia, y no puede, para eso está su marido, casi siempre ausente. Tabúes que luego se reiteran de forma superlativa con Karla. Demasiadas reglas que, honestamente, quiero cumplir por amor a todas y que no alcanzo ni medianamente a ejecutar. El desacierto, la intemperancia, mi apego a los vicios de alcohol, humos y hendiduras; mi amor por el desenfreno; mi falta de concentración para algunas cosas;

mi mala memoria; mi corta paciencia; mi torpeza proverbial; mis deseos de mandar a la mierda de cuando en vez al que me provoque ira, ese mal carácter que Karla asegura es incontrolable, del que nadie escapa, todo en su perverso conjunto *librano*, es un puto hechizo que me castiga. No existe hada o bruja que alcance a romperlo, ni siquiera la paloma.

Ela caminaba de un lado a otro como si estuviera poseída por no sé qué fármaco o hierba. Su sonrisa es hermosa cuando los ojos se le ponen, ya dije, *chinos*. En fin, es una escuálida ninfa que me gustaría poseer. Pero permito se escape, quedamos en vernos otro día. Una fecha que no nos interesa a ninguno de los dos especificar en ese segundo. Ela sube al carro y observo cómo se aleja para irse al Hoy como Ayer, Luis Bofill celebra su cumpleaños con un concierto y ella me invita a que la acompañe. La garantía de que la pasaremos bien me lo aseguran sus ojitos *chinos*, su muequita sensual y, claro, la buena música de Bofill y sus ganas de que todos gocemos con sus canciones, que vayamos a guarachear por su aniversario hasta el amanecer. Pero me niego muy cortésmente, no estaba de ánimos. Además, para qué correr detrás de alguien que el universo sabe dónde va a ubicarla para encontrarme. Queda en manos de la providencia el dulce encontronazo.

Esa noche el ramalazo no se cura aún, Amalia continúa siendo una punzada que me clava hasta joder. En el Chrysler escucho un disco de Emma Shapplin, de regreso a un hogar que he de abandonar pronto, y lo siento por la paloma. El rencuentro con Ela lo asumí como un suceso que habría de concretarse, no imaginaba cuándo. El acto se ofrece un par de horas después de establecerme en 324 Mendoza. El albur hace lo suyo y yo pongo el resto.

Por cierto, Ela no me ha permitido que la goce más allá de mis dedos, voluntad que he respetado por la mamada de campeonato que me da. Pero alcanzó un orgasmo que de ser real su complacencia, por la gritería, y no un ejercicio espléndido del método Stanislasky, sin titubeo alguno me atrevo a apostar que se avecinan muy buenos momentos.

La iniciada, o el Cid Campeador

He descubierto a la primera modelo. Me asomé al ventanal de la sala para ver a una ardilla que corría por encima de un cable, que supongo es de teléfono y cuelga justo enfrente, pero fue otro el *animalito* que me sacó de ese estado de simpatía, de ternura, que me provocó la acrobacia del petigrís de marras.

No la conozco, pero su belleza, aun cuando suene trillado el bocadillo, es despampanante y me invita no solo a masturbarme, sino a romper esa esterilidad literaria que se ha vuelto mayúscula, que me comienza a incomodar. Hace más de cuatro meses que no consigo borronear una cuartilla, a eso me refiero. Ni siquiera los correos electrónicos me salen coherentes. Sin embargo, después de verla desnuda, con unos enormes tacones de charol verde, moviéndose como gata delante de una cámara, no me cabe duda de que algo escribo.

Con cierto sigilo me quedo en la ventana. Ella sabe que la disfrutan más allá del lente, y no le importa. Inventa poses que no le han pedido, encima de un sofá de vinil negro viejo, que ha de estar caliente de tanto sol encima, y que ha traído el vecino de los bajos para un asado que anuncia va a hacer todos los domingos, y llega el lunes y nada. La imaginación de la chiquilla es fértil, y perturba un poco al dueño fotógrafo. La mía se desata y saboreo cada gesto: se amolda su abundante pelo rojo, se reclina en el sofá boca arriba, se arquea y empina sus senos, se incorpora un tanto y los sostiene, dejando caer su cabeza hacia atrás, y queda así por varios segundos, después se pone boca abajo, apoyándose en sus rodillas y manos, levantando sus nalgas macizas; por fin se sienta, se acaricia suave los muslos con la punta de los dedos y mueve los hombros, a un lado, a otro, con cadencia, mordiéndose el labio inferior con refinada sensualidad, transformando su rostro en una mueca cuajada de placer, sonriendo siempre, hasta que se recuesta de nuevo, separa por completo sus piernas, y con su mano derecha levanta una, sosteniéndola en alto.

La modelo hace alarde de su centro púrpura, como de hembra negra, que contrasta sobremanera con su piel caucásica. El dueño fotógrafo se paraliza y la contempla sin que apriete el obturador. Ambos, por sobrados segundos, permanecimos literalmente congelados, adorándola cada uno desde su espacio. La chica, en cambio, reía discretamente y gozaba sabernos inmóviles. Yo, por el tono verde de sus zapatos, su pelo rojo y su fresa deliciosa, se me antoja un adorno de Navidad que quiero colgar en un arbolito nada más para ella, y me provoca unas ciclópeas ganas de saltar desde el segundo piso. La altura, las ventanas, trazas de sentido común reprimen el deseo.

Finalmente, mirándonos sin evasivas, me dispongo a aceptar con tranquilidad el desafío de resistir su atención. Desde el inicio está al tanto de mi presencia, solo aparentaba ignorarme, pero ahora es manifiesto y me regala una pícara sonrisa. El fotógrafo dueño del edificio voltea su cabeza con cara de poquitos amigos.

Es cuando la ansiada entelequia se desanuda y cerrando los ojos me visualizo desmotándome de un caballo. Ya en el suelo, me quito una pesada armadura y desenvaino una espada enorme. Camino en medio de un terreno infecundo, tal y como el jardín donde ahora se ofrece impúdica, y donde además hubo antes una sanguinolenta batalla. Echo un vistazo a mí alrededor y solamente distingo cuerpos, de hombres, de caballos y bueyes, todos mugrientos, ensangrentados, muchos cercenados. Dos cóndores se posan cerca, la fiesta para las carroñas se declara abierta. La busco en medio de un escenario horrible, nauseabundo, pero no es con la intención de salvarla. Sospecho que es mi enemiga, una bruja iniciada, con la que voy a luchar hasta reducirla, para que acabe complaciéndome. ¿Qué le haré? No lo concibo todavía. Ahora bien, después de someterla, mi fantasía la vislumbro entre sus muslos y mi lengua tendrá un papel protagónico, de taladro. A lo lejos reconozco a mi paloma, que levanta el vuelo pavorosamente.

Abro mis ojos y sonrío. Pienso en Bukowski y lo parafraseo: el escritor llega a serlo solo cuando está escribiendo. Pienso en mí, que saboreo desde la altura a un hermoso cuerpo y a una linda cara que me remite a una hechicera celta, y concluyo que la soledad puede doler, y a uno gustarle. Claro, la visión que me he inventado se desarrolla al amparo de un espacio horroroso, como para improvisar una historia donde ella aparezca tal y como se exhibe. Tampoco cabe mi paloma en un sitio donde dos cóndores se dan gusto.

A punto de renunciar a mi ficción desequilibrada, la modelo trepa una escalera de metal recostada a un árbol e improvisa un gesto como si fuese a lanzar una flecha. Confirmo entonces que es una bruja hermosa ubicada en lo alto de un pequeño acantilado, con su cabello rojizo batiendo, apuntándome con un arco, dispuesta a atravesarme. Tiro la espada que he sostenido todo el tiempo y corro hacia ella.

—¡Si vas a matarme —grito—, lo harás cuando consiga estar entre tus piernas y allí logre escribir un cuento!

El cuento

Me bebo apurado el poco *whisky* que me queda y le pido otro al *bartender*, pero sin tanto hielo esta vez. Absorbo el tabaco y al soltar el humo no me cabe dudas que El Bar es una especie de santuario. El Bar y mi apartamento de Mendoza se me antojan los dos únicos reductos dispuestos para fumadores en la ciudad. Demasiadas contravenciones preponderan en el cosmos miamense, el tabaco, la primera.

La miro en mi celular, ya ni sé las veces. A medida que le dedico más tiempo a la contemplación, que no invita, sino que me obliga, la imagino conmigo. Es una hembra delgada, de carnes macizas, bello cuerpo, con un rostro sensual sin llegar a ser hermoso, chica de rara belleza, me diría Logan al enviarme la foto. Saberla mi enemigo me provoca, además, un morbo que disfruto, y no basta que esté así de gustosa, se suma el hecho de que me odia. Quiero cogérmela entonces, evaluar su desprecio camuflado en una supuesta pretensión, y ver hasta qué punto es capaz de involucrarse, controlar su rechazo, mientras me abre sus piernas y aparenta gozar el instante. No importa el costo que deba asumir, el peligro al que me expongo, con tal de tenerla y ver su cara mientras lo hago.

Definitivamente es la hora, pago la cuenta y cruzo Miracle Mile sorteando innumerables carros. Considerable el tráfico, un empeño casi suicida. Sin embargo, vale la pena al descubrir que ha sido puntual, que está del otro lado de la calle mirando una vidriera donde exhiben vestidos de novias, esperándome como muchacha obediente, enamorada, que aguarda por su novio amoroso y dócil.

—Es modelo —me aseguró Logan—. Lo otro, lo sabes desde antes.

Pero el riesgo lo amerita. Su falda corta me ofrece sus muslos cuando bate el aire y me provoca figurar su centro, que asumo una fruta de masa dulce, magníficamente jugosa, que iré a comerme, que pretendo tragarme, y que ella me promete con tal de vengarse. Voy hacia a ella y ubico mi lengua retozando cual taimado oficioso, que no va a abandonar su desembocadura hasta que ella gotee lo suficiente y me de ese agridulce sabor estupendo, hasta el final de sus jadeos, de sus gritos. Después, su cuerpo encima de mí, contoneándose, luego de espaldas, disfrutando sus nalgas.

Logan me asegura que la chica procura castigarme de manera cruel, incluso con sadismo, y lleva en su cartera un rollo de soga, unas tijeras de proporciones considerables, y un *spray* pequeño con gas pimenta; que está dispuesta a todo con tal de que yo pague mi deuda. Logan me observa con una discreta sonrisa aflorando en sus labios y me da una palmada en el hombro con afecto.

—Qué importa —le comento sin tomarlo muy en serio, y en silencio me digo—: «Si viene a *cobrar*, no va a encontrar resistencia».

La vecina de al lado

La vecina de al lado ronca, de qué manera, y cuando más ruidosa se comporta, toma una pausa, detiene su concierto durante varios segundos, como si lo hiciera a exprofeso, como si no respirase, y por fin termina recuperándose. Esta vez, su ronquido de vuelta es tan fuerte, que consigue despertarme, a mí, que ronco igual que un dragón con disnea.

Pero la vecina antes de dormir, casi todas las noches, gime, balbucea una que otra mala palabra, y acaba chillando. Por la mañana, las veces que nos hemos tropezado en la escalera, me saluda con excedida cortesía y conversamos únicamente sobre el tiempo. Apenas si la interrumpo, me gusta escucharla. Tiene una voz muy dulce, una dicción envidiable y unos modales refinadísimos. Conserva, semejante a Karla, su imaginario collar de perlas y lo hace con rebasada dignidad, nada comparable cuando practica su *performance*. Supongo que no nos importa el hecho de que compartimos una vieja y delgada pared.

La vecina aparenta unos cincuenta años y estoy seguro de que tuvo una hermosa pubertad, a pesar de que hay días que se ha propuesto olvidarlo por lo desencajada y mal vestida que la veo. Sin embargo, en medio de su dejadez muestra una figura envidiable, y hay momentos que la descubro con una elegancia de revista. Al principio me excitaba cuando la sentía hipando de placer, porque no tengo dudas que la vecina antes de roncar, como si se tratara de un rito, una terapia para conciliar su sueño, se masturba aparatosamente. Y claro, me inventaba mis fantasías, y hasta especulaba que algún tipo le daba justo donde le gusta. A lo mejor, el dueño del edificio lo hace, y además le toma fotos bien calientes. Después, supe por el vecino de los bajos que era soltera y no soportaba amancebarse bajo un mismo techo con un hombre.

Hará una semana, vi a la vecina de al lado con un pequeño látigo en sus manos, caminando semidesnuda por el feo patio del edificio, y hablaba muy contrariada por teléfono. Confieso que me fui de la ventana. A pesar de mostrar sus carnes aún duras, me dio pena su estado de ánimo.

La vecina, anoche, llegó a asustarme. En estos días de deleznable invierno escandaliza más de lo acostumbrado y el tiempo de sus azotes se extiende más de lo habitual. Yo, en cambio, intento *escribir en alta voz* mientras se da sus cuerazos y clama agitadamente, para que sepa, en mi apartamento también se goza cuando estoy solo.

El vecino de enfrente

El vecino de enfrente me llama por teléfono y me pide de manera tajante que tiene que conversar conmigo, «¡Ya!», concluye y cuelga. Antes, le respondo que aún me falta un par de horas para salir del trabajo. El vecino de enfrente no habla, y menos señala el motivo de su premura. Retumba en mi cabeza aquel ¡Ya! dicho previamente, que me ha molestado. Cuando llego a Mendoza, para mi total asombro, me lo tropiezo sentado en la entrada del edificio sosteniendo una botella de *whisky* entre sus piernas, y en el piso, a su lado, un grueso vademécum titulado *Cuarto Individuo*. No acredito, el tipo leyendo la poesía de alguien que considera un contrario, un sujeto antipoético y, además, una garrafa de Johnnie Walker Red Label. Definitivamente, me asiste la sospecha.

Apenas el vecino me saluda con un gesto embutido por un dramatismo más agravado que el habitual, con excedida vergüenza. Quizás intuye que no me gustó la forma en que se dirigió a mí por teléfono, pero termino por olvidar sus modales recientes. Hablo de alguien que es un buen amigo, que conozco desde que vine a Miami, que un par de meses después de establecerme en Mendoza le procuré un apartamento justo frente al mío, luego de su calamitoso divorcio. Un sujeto que la vida se le antoja una liga de banco: reteniendo un abundante fajo de billetes, que los aprieta con el convencimiento de que no les pertenece.

Lo observo con paciencia por escasos segundos, sonrío moderadamente, pero con una pizca de mi habitual sarcasmo. Sin embargo, a pesar de que estoy acostumbrado a los dislates de mi viejo amigo, vislumbro que un acontecimiento muy peculiar pesa demasiado sobre su atribulada cabeza, y nada que ver con las trampas que viene haciéndole una *guerrillita cultural*, que últimamente lo ataca con saña.

Al abrir la puerta de entrada del edificio, el vecino se para por escasos segundos justo delante del apartamento que el dueño tiene como estudio fotográfico, hasta que por fin se decide a acompañarme escaleras arriba, en silencio. Ya dentro de mi apartamento, lo dejo sentado en mi viejo sofá y me dirijo a la cocina a buscar dos vasos con hielo. De regreso, los ubico encima de la mesa del centro y le quito al vecino la botella, que todavía sostiene entre sus manos. Derramo unas pocas gotas de *whisky* en el piso, detrás de la puerta, le sirvo casi llenándole el vaso, luego me sirvo el mío, y le pido el libro para hojearlo.

El vecino de enfrente, antes de beber, asegura que el libro no le gusta, no soporta lo fragmentado de la poesía, versos que se le antojan un *taser* que descarga una *electricidad poética* que te deja ido, y, sin pedírselo, me lo regala. Sospecho que me lo ofrece como si se quitase un enorme peso de encima. Después de tragarse el *whisky* de un tirón, hace un ruido horrible con su garganta. El gesto, el sonido áspero, más que una asqueada constituye un exorcismo. Es como si pretendiera lanzar lejos a un ser muy asqueroso que le quema dentro. Qué sé yo.

Al final, el vecino pega su boca a la ventana para arrojar un morrocotudo escupitajo, que queda colgando entre los cristales de la persiana. Da un vistazo hacia a mí, otra vez avergonzado, y limpia con su mano derecha el vidrio. Suelto el libro y regreso a la cocina a buscar papel toalla, se lo doy sin decir una palabra. El vecino de enfrente limpia la ventana y luego sus manos. Intenta devolverme el papel y con un gesto le señalo el baño. Minutos más tarde, regresa al sofá con la cara y manos recién lavadas. Recula a rellenar su vaso con *whisky* hasta el borde, ahora con menos hielo, y por fin resuelve contarme su tragedia de turno.

—Si te lo digo, es por mi necesidad de expulsar este demonio que llevo dentro, y porque no sé qué hacer. Margaret se llama, y terminaba una sesión de fotos con el dueño. Quedé fascinado cuando me la tropecé en la puerta del edificio, qué otra cosa para mí alcanza a definir ese segundo. Lo más increíble, me le acerqué sin temor, la invité a una copa, y terminamos en su apartamento, un lujoso piso que renta en Brickell. Su piel, seda china; sus senos, dos misiles, un par de espadas turcas, duros; sus piernas y muslos, una obra de torno en las manos de Dios; su cintura moviéndose como una suerte de cuadrante poseído por una fuerza concéntrica y descentrada, todo a la vez, desobedeciendo las más elementales leyes de la física, agarrándose su pelo rojo, que se revolvía a su antojo. Su centro, púrpura también, una sajadura de cirugía perfecta, diseñada exprofeso.... Una fresa, como tú dices, para perderse.

Sonriendo miro al vecino y me sirvo un trago. Es increíble su entusiasmo, su cara de regocijo cuando me habla de la muchacha, y mucho más la descripción tan barroca y complicada que hace para decirme que está muy buena y que evidentemente lo ha tostado. Al escucharlo no le comento que presumo de quién me habla, puede que yo no tenga razón y complique las cosas. Sin embargo, mi viejo amigo no me lo ha dicho todo, cambia su expresión de manera radical, bebe otro sorbo de *whisky* y se levanta a escupir, ahora sin tanto aspaviento, y sin babearme los cristales de la persiana.

—Bruno, lo único que me molestaba era su voz, demasiado grave. Despidiéndome, descubrí una foto que, para mi desgracia, no vi antes de acostarme con ella, sino no estaría ahora contándote esta horrible pendejada. Era la imagen de un tipo con pelo largo, con facciones muy parecidas a ella, con una expresión de mariconazo suelto de carroza, que daba risa, y que estaba encima de una mesa pequeña, al lado de la puerta donde tenía además una vela blanca y un coco seco con ojitos y boca de caracolitos. ¿Y esa foto?, le pregunté, pero sin esperar contestación le redondeo la pregunta: ¿Es tu hermano? Bruno, Margaret me respondió fríamente: «No. Me la tiró hará un par de años el dueño de Mendoza».

Jueves de tertulia

Estuve a punto de no ir. Pero no, Ela insiste por aquello de que estoy muy solo, y también por un poco de remordimiento al no conseguir zafarse de su marido, y me pide disculpas por no acompañarme, y aguijonea para que escape. Por supuesto, de buena fe según ella, y antes de concluir con sus reservas evidentes, muy de su naturaleza, y colgar porque viene su marido, me exige muy dulce un «pórtate bien», que no sé si cumplo tal y como ella lo piensa. «Nunca se sabe contigo», redunda y corta la llamada. Muy loable su compasión, muy oportuna.

Mis sospechas se confirmaron, que las tuve desde mucho antes de salir, la tertulia resultó un acto penoso. Creo que el vecino de enfrente lleva razón, su proyecto es bueno. Y me dije a los quince minutos de estar en Books and Books: «*What the fuck I'm doing here?*». Resumiendo, la lectura fue horrible. Apenas uno o dos salvaron la honra del resto de los poetas que leyeron, demasiados, además. Y lo peor no fue la presentadora, que se regocijaba enumerando los sobrados méritos culturales de cada uno: el currículo, la hoja de ruta, extendiéndose demasiado en cada presentación hasta aburrir. Los versos, no importaba que en su mayoría se redujeran a un puñado de representaciones burlescas, fatales.

Desde luego, a medida que la lectura avanza, considero la idea de escaparme, pero quien me conoce, sabe que soy capaz de colgarme al pescuezo de cualquier pretexto con tal de no acostarme temprano. Hablo de un empeño por mantenerme despierto hasta tarde, que en más de una ocasión me ha puesto en situaciones límites, sin mencionar la mañana siguiente, que no quiero levantarme.

Aguanté de manera estoica hasta que presentaron al *trovador*. El tipo, poseído por un ángel que imagino le sirve de guarda a Julio Iglesias y antes fue de alguno de los Kennedy, toma su guitarra y dispara una gelatina musical desanimada, horrorosa, con una gestualidad epiléptica y un histrionismo ¿surrealista? No aguanto tanto ridículo y saliendo del salón me la tropiezo.

—Te conozco —afirmé—. No sé de dónde —concluí lleno de dudas.

Sonríe, me dice su nombre. Sí, sabe el lugar y me lo recuerda. Nos sentamos en el patio de la librería, la invito a una copa de vino y prefiere té. Fiel a Baco apuesto por un tinto y pienso en la botella que guardo en Mendoza. Hablamos hasta que rompe un aguacero. Por fin, en el parqueo frente a Books and Books, en el tercer piso, empapaditos y bajo techo, recostados a mi Chrysler, engorda el primer beso. Su boquita me gusta, sus senos pequeños...

Ela no puede sentirse traicionada. Cuando no restregamos el uno con el otro en Mendoza; cuando Carmen se monta a horcajadas encima de mi muslo, frotando repetidas veces su fresa; cuando mete su dedo del medio en mi axila sudada y me pide que apriete el brazo, fantaseando que masturba a una hendija poblada y húmeda, Ela está presente. Carmen concluye que quiere a Ela conmigo, y sola, si se lo permito. Le respondo que no guardo celos en estos casos, y cual abejón rey le susurro en el oído qué se me ocurre le haremos a Ela cuando estemos los tres. Claro, le pregunto qué piensa al figurarse que la tiene solita para ella. Carmen se complace al imaginarlo, y me cuenta.

I believe, I can fly

Ela, con picardía, pone encima de la mesa del centro una breva de proporciones considerables. En sus ojos se manifiesta una vileza que saboreo. Un gesto en la mirada que, junto a su peinado, me remite a Frida Kahlo.

—Lo traje para nosotras. —Y agrega muy coqueta—: Tú serás un testigo impasible.

Sonrío, me da gusto su retozo, su lenguaje elegante. Claro, sabe que no voy a quedarme fuera de un banquete que endosa el terreno para otro mejor, menos aún, a lo que una buena hierba se refiere. ¿Y en mi espacio? En todo caso, concurre el acto de que no me quieren apartado, sino paciente, tierno.

Estoy convencido que no debo establecer preferencias, si bien las hay, una me gusta más que la otra a pesar de la comunión de muslos flacos y caderas huesudas. Las dos marcan para mí una disparidad que me satisface restregarles por separado. Hoy, por supuesto, la antípoda no cuenta, las diferencias están al amparo del intercambio, de la confabulación que presupone el goce colaborado, y que disfrutan llegado el momento; ese es el estímulo por el que se complotan, no tanto que luego me ignoren. Hoy, reitero, la desigualdad se reserva para otro instante; la falta de ilación más bien personifica el equilibrio, la armonía. A cambio, estaré dispuesto a darles lo más sensitivo de mi esencia, que Karla afirma es peligrosa, arrebatada, violenta, posesiva; loco de mierda, me ha dicho más de una vez, y algunas veces con razón.

Conversamos de cosas insubstanciales: de lo bonito que le parece a Carmen como tengo el apartamento, y Ela reclama su protagonismo como decoradora; del calor y lo sensual que Carmen vino vestida, dándome Ela la razón; lo sorprendente que resulta no se conociesen desde antes con tantas amistades en común; de lo bien que me siento en Mendoza, espacio de recogimiento para alcanzar la paz que preciso y la conformidad que he ido consiguiendo a diario; de que todo en mí ha de renovarse; que el pasado es una referencia de la que se supone debe aprenderse, y que muchas veces no lo logramos, sobre todo yo; el entendimiento conmigo y la intención de que sea así con el resto del mundo; y para la literatura, tener por fin un lugar donde escribir con tranquilidad. Aunque esta última aspiración no está del todo resuelta.

Descorcho un tempranillo barato y anuncio con formalidad, como si de un estupendo vino se tratara, que van a tomar un tinto de muy buena cosecha. Hago un chiste sobre el nombre que está rotulado en la etiqueta y les digo que en realidad es el seudónimo de un poeta local que los tres conocemos. Nos burlamos del sujeto y reímos con ganas, pero el *environment* todavía se muestra tenso y duran poco las carcajadas. Es la primera vez que comparten, y está asimismo el hecho de que Ela me acusa le haya sido infiel con Carmen, y antes de venir me ha recriminado otra vez, por teléfono, a tal punto que por un segundo pensé que la *visita* podía joderse; tuve que hilar fino para sacarla de su aparente disgusto. Una culpabilidad que no acabo de asumir, para celar está su marido. Por lo demás, he sido yo quien le ha contado todo para que lleguemos a donde estamos, y este es un asunto que doy por concluido, sin preocuparme que para ella no lo esté. Pienso en Nabokov, en Humbert Humbert. Mis nuevas palomas se me antojan dos *Lolitas*, por su delgadez y lo jovencitas que parecen, aunque no lo son tanto. Le sirvo a cada una en las dos mejores copas que guardo –el resto se rompieron en la mudada–, y para mí lo hago en un vaso muy parecido, con la única diferencia que el soporte, el *palito* de apoyo que distingue a una copa, no lo tiene. Mis *nínfulas* esperan el solemne brindis de rigor para instantes como este, deseándonos una ristra de cosas buenas y, en general, una vida excelente, «vida repletica de delicias», sugiere Ela con la picardía del inicio, sus ojitos *chinos*, y yo agrego: «por los placeres de orificios».

Propongo por fin el bienaventurado ofrecimiento a la suerte levantando mi mano, Ela y Carmen me acompañan entusiasmadas. Los tres chocamos con delicadeza nuestros vidrios, y por darle credibilidad a un gesto gastado, finjo una discreta apoteosis. Lo sé bien, han sido innúmeras las veces que he colisionado cristales, latas, barros, hasta feas vasijas de plástico y cartón, con la esperanza de una existencia mejor. Y ahí sigo, en un limbo, del que salgo y entro. Vivo a ambos lados de una frontera que en ocasiones se hace infranqueable para la felicidad plena y que gracias a Dios no es tan monolítica, debo reconocer, pues más de una vez he logrado atravesarla para el lado bueno. Una felicidad que tuve con Amalia y trasegué a Karla, sin que se prendiera con fuerza. Lo único que queda es lo bebido y la terrible resaca si nos excedemos. Saldado el rito, muy amablemente les agradezco que hayan venido. Carmen y Ela, retribuyéndome el detalle con una hermosa mueca, cada una me besa en la boca. Revolviendo mi lengua, doy por hecho que luego les corresponde a ellas, y no pasa, infelizmente. Miro el cigarro sin encender. Sin dudas, precisan de una *herramienta* que las desinhiba.

—A ti más —le reprocho muy afable a Ela—, que te noto retraída.

Mi arbitrariedad comienza a pisar fuerte, aun cuando aparento calma, y no debo parecer que estoy forzando las cosas –apunta Karla, cuando pretendo algo, hasta que no lo consigo no paro y, por consecuencia, puedo volverme impertinente, una actitud en mí que la irrita–. Sin embargo, ignoro la concebida sutileza para casos como estos, y me intranquilizo un tanto. Yo, que cuando no estoy cabrón, presumo de ser un tipo suave, practicar la tolerancia, comportándome como un verdadero democrático, remato estableciendo una discreta dictadura por la que han de regirse. Queda claro que cuando es la cabeza de abajo la que intenta establecer su habitual derrotero, no siempre es tu mejor aliada, y la de arriba, por mucha materia gris que guarde, se obnubila nada más la otra se llena de sangre. A mi favor, justificando el desenfreno, concurrieron las veces que por separado le hablaba a una de la otra cuando hacíamos el amor: *las delicias de la pospuesta*. Y ahora, los tres juntos, es la consagración de la quimera y mi sentido común se desvirtúa porque mi erección lo determina así.

De nuevo otro brindis, otro beso esperando el de ellas, y no sucede. No aguanto la frialdad que va sembrando Ela, con toda intención, y casi lo exijo. Ela me mira con cierto reproche, pero termina por someterse a mi deseo, y si en un principio constituye un ejercicio de puro trámite, al parecer le satisface segundos más tarde y acaba mordiéndole los labios a Carmen, que le acaricia el pelo con ternura, luego los senos. Ela responde gustosa a su determinación y el beso se extiende, se troca en un apetito auténtico. Las observo casi con recogimiento, es un hermoso instante y no quiero se rompa el encanto. Ela finaliza ruborizándose y aparta a Carmen con delicadeza, y me ofrece su sonrisa de chica traviesa, sus ojos, otra vez *chinos*.

Quedamos los tres muy callados, pasa un ángel, libídine, que no es este un espacio para nadie que no se conecte con la concupiscencia. Se me ocurre entonces: ese segundo es el idóneo para prender el bendito cigarro. Los tres reímos, sellando por unanimidad las bondades que carga consigo un torpedo de cannabis. Ela me aconseja que no sea glotón:

—He traído algo fuerte —señala con marcado drama—. Le dicen la *patada de King Kong*.

Me figuro al inmenso primate dándome en el rostro con una de sus patas –o pies manos–. La imagen me rememora a una hierba que, hace ya ni me acuerdo, la nombraban *la galleta de Bruce Lee*. Continúo tragando humo y vino. Los límites se me configuran pautas a posponer con redomado gusto. Paso el cigarro y finalmente ellas se deleitan. Mis chicas practican el suceso de la fuma con elegancia. Recula el malévolo torcido a mis labios.

—Aún no me arrebata —reclamo preso de un jolgorio explosivo y boto el humo con ese gesto aparatoso tradicional en mí, pero sin el drama que le atribuía luego de mi separación con Amalia.

Es precisamente la duda el primer síntoma de que empieza a domarme. Por supuesto, repito la bocanada y trago, mi fuma es ahora a la usanza criolla. Bebo un sorbo largo de vino y al poner mi vaso en la mesa grito:

—¡Cuidado! No se muevan. Mi copa ha perdido su base, la pata que la sostiene ha desaparecido. ¿Cómo así?

Risas frescas y tres segundos después me siento como un imbécil, lo dije, nunca fue copa. Pido disculpas y doy otro chupón desmedido. Vuelvo a reprender a Ela, con simpatía, que no es tan bueno el bendito cigarro. Ellas, de nuevo, con sus lindas risotadas se divierten, ironizan y sostienen sus copas por debajo, no vaya a suceder que se *transformen*. Disfrutan burlarse de mí.

El ángel se presenta otra vez. Cada uno ocupa la vista en algo que no define realmente. Evitamos toparnos con los ojos. Por fin, Ela posa la negritud de su pupila en mí y hace una mueca que termina con esa expresión de retozo tan suya, que la hace hermosa, sonriendo con malicia. Le devuelvo la risa y le abro las piernas a Carmen, que se deleita, se ciñe a mi dedo, sabe que está ahí para eso. Ela, por segunda vez, intenta marcar distancia, aunque en sus ojos lagrimea la certeza de que le complace *el juego de los bordes*. Le hablo a Carmen cual abejorro —soy un abejorro perdurable en momentos como ese—, susurrándole en el oído que la fantasía de Ela es verme con una mujer, mientras decide que hará inmediatamente se le *caliente el alma*. Carmen gime con inusual vergüenza. Invita a Ela a que se incorpore con una ojeada repleta de libido. Ela da una larga chupada al cigarro y por fin le toca uno de los muslos a Carmen.

Salgo de la fresa de Carmen, le doy a Ela a chupar el dedo y pasa su lengua con refinado gesto, hasta que lo desaparece en la boca. Le quito el cigarro, aspiro y deposito el humo en sus labios, que no paran de chupar. Carmen reclama, le abro las piernas a Ela, invierto el *juego de los bordes*. Carmen saborea ahora mi dedo, el humo. Todavía no nos «arrebata lo suficiente», reitero embobecido.

Sin preámbulo alguno, sin esa delicadeza que ha de ir apuntalada por la sensualidad, les pido muy solemne que nos desnudemos. Ela y Carmen se miran, otra bulla de risas pegajosas, siempre frescas, y en teoría se proponen complacerme. Ya los tres, supongo que desnudos, insisto que el cigarro no es tan fuerte como Ela cacareaba. Al regresar el cigarro encima del cenicero, me percato que todavía estamos vestidos. Dudo y declaro muy repugnado:

—No sé cuándo nos *cubrimos* de nuevo, en qué tiempo, o si alguna vez llegamos a estar encueros.

Vacilo, tomo de nuevo el bendito cigarro, lo beso poco más o menos, y lo ofrezco a no sé qué mano que me acaricia el pecho por dentro de la camisa. Porfío en mi pedido, la ropa simboliza una sospecha inadmisible. Respuesta común que se traduce de nuevo en carcajadas. Vislumbro que mis palomas por fin comienzan a establecer complicidades, de las que no participo. Me levanto del sofá aparentemente serio y las dejo. De pie, deduzco que estoy a una distancia desproporcionada. Si bien la sala no ha desfigurado sus dimensiones, y apenas si me paro a unos centímetros de ellas, acariciándose los muslos cada una, embobecidas, dándome las dos una ojeada de *esas*, que simula *no tengo puta idea de quién eres*, doy por descontado que el apartamento es una especie de hangar con un ancho impreciso y apuesto que bien puedo encontrar un Airbus A380 dentro. Quedo tan sosegado, que termino desparramando un aburrimiento repentino, y para no contagiarlas, permito que las dos vayan a la cocina.

Carmen y Ela conversan sobre las hierbas que traje para la comida, que no se fuman; comida que aún no se hace, y que acaba en la basura, al quedar mucho tiempo destapada y notar yo en mi arrebato a una cucaracha en el piso, ¿viva?, ¿metamorfoseada? Me ubico con marcialidad delante de mis niñas. Me regodeo de manera leve con cada una, suerte de satisfacción simple, teórica, casi etérea, que para nada me interesa obrar solo con mis ojos; quiero carne sobre carne, y yo en el medio. Carmen y Ela me miran, tal vez con dudas, incluso antipatía. Descubro un reciente afecto entre las dos que me va perturbando y llego a creer que me quieren desaparecido. En medio de mi paranoia, cualquier punto de referencia se me pierde. Una vez más intento acorralar mi cuerpo al arrimo de un lugar determinado y continúo equidistante. Lo peor, concluyo en mi fatal paralelismo, que las intenciones de mis dos *Lolitas* por eclipsarme se deben a mi impertinente flacidez. Estoy apto en ese instante nada más para orinar y, de preferencia, sentado para no salpicar el borde de la taza.

Vuelvo al sofá, no hay dudas que el deseo se apodera de las dos. Yo, cuando más, estaré en asiento de palco y seré un mudo testigo de cómo se disfrutan. La apetencia entre ellas ya no es sutil, pero continúan clavando sus ojos en los míos, que temo parecen los de un chino. Cual monje tibetano que considera al sexo como un lastre para el viaje a la ansiada anchura, hago mutis y me incorporo, comienzo a bailar, sin compañía alguna, al son de una música que puse desde el inicio para relajarnos, y que se me antoja perpetua. Antes de ejecutar la suave danza de la inapetencia, les comento a mis *nínfulas*, con innecesaria arrogancia, que, si urgen de uno que otro consejo, me llamen.

—Estaré cerca —sello con una voz que parece sacada del fondo de una lata.

No sé qué tiempo ha transcurrido. Carmen viene y me besa en la boca, es un beso agradable, ensalivado. Ela lo hace por mi espalda, por mis hombros, me abraza y termina apretándome una nalga; ladeo mi cabeza y la miro serio, amonestando en silencio su atrevimiento, a un hombre no se le hace eso, pero apenas me obedece y me pellizca la otra.

Durante esa disfrazada hora, que las dos juran ha sido escasamente unos quince minutos, cuento con la certeza de que no he estado en mi apartamento de Mendoza. Esa danza liberadora de una energía muy distante de la falda, el vuelo y el *vuele* por la puta mariguana, me han mandado lejos. Carmen y Ela se apartan de mí, y cuando se deciden a florear, apretándose atiborradas de liviandad, les digo muy preocupado que sus cabezas han crecido.

Carmen está sorprendida, Ela ríe por enésima vez. Intento el regreso, pero el *fucking* cigarro me ha ubicado tan remotamente que no las escucho. Gracias a la providencia, al ángel —¿o la paloma?—, por un segundo repatrío a donde quiero estar. Ellas continúan bailando pegaditas, besándose con delicadeza, con esa simpatía tan especial entre mujeres, y lo peor, ignorándome. Me quedo quieto, por suerte todavía mantengo alerta algún sentido con el que pueda complacerme, y al ver cómo comienza a fluir el goce entre ellas, mentalmente bendigo ese instante. De pronto, como si fuera una pelota de baloncesto en manos de Shaquille O'Neal, mi existencia se convierte en un *dribbling* constante. Ahora no vuelo, sino salto del sitio donde me hallaba convaleciente y soy emplazado a una altura que sobrepasa el techo y regreso rebotando, de nuevo. Desde mi ilocalizable espacio me parece que, en vez de una danza erótica, Carmen y Ela se desvisten la una a la otra como si practicaran una peculiar lucha de sumo, que para mujeres delgadas no queda bien.

Sobado por la impotencia, me tiro de nuevo en el sofá, y por varios minutos estoy y en un santiamén sigo sin estar. Ela y Carmen, desnudas ya, se sientan a mi lado y por encima de mí comienzan a besarse. Al fin, una precaria lucidez me rescata, una súbita erección me reintegra como una ola que me arrastra con fuerza a la orilla. Un paréntesis terrenal, por el que rezo perdure lo más que pueda. Pero el brinco se presenta, Shaq con sus manazas vuelve a driblearme y me lanza remotamente, cuando por fin los tres estamos por primera vez desnudos.

Me ha restituido el ángel y, por suerte, Shaq ha desaparecido. En la cama, empapadas por fuera y por dentro, Ela y Carmen me miran sorprendidas. Salgo de la Kon-tiki sin el convencimiento de que estuve allí todo el tiempo y reviso entre mis piernas para comprobar que la vitalidad aún me asiste después de haber terminado, y confieso que no sé en cuál de las dos. Por si acaso, se me ocurre que habría de buscar unos zapatos de plomo, al menos una fuerte soga con que amarrarnos los tres para no torcer ese soplo glorioso. Les pido, con jactancia y riéndome con desfachatez, muy en *nota*, y haciendo uso de una *muela refinada*, que me chupen *el florete*, la espada que hube de usar con decoro, como todo un hidalgo caballero que se respeta. Ela bromea sobre mi edad y la disposición que mantengo. Carmen, con una carcajada, agrega que no sabe de qué hablo y se burla del tamaño de mi espada, y de mi manía de creerme un gentilhombre, siempre dispuesto a desenfundar.

Después de la guasa, que tolero muy mansamente, obedecen y se ponen de rodillas en la Kon-tiki, de frente a mí. Las miro amoroso cómo me la chupan, y se besan, mordiéndose además los labios, sin dejar de pasar sus lenguas por mi *florete*, hasta que las separo tomando a Carmen por la cintura, poniéndola de espalda. Ela se tira en la cama a mirarnos, otra vez con malicia, tal vez con celos, sus ojitos *chinos* dicen mucho, y abre sus piernas, luego nos lleva suavemente encima de ella lamiendo como gatica las teticas a

Carmen. Carmen juega con los bordes de Ela y me da cintura lentamente, no por mucho tiempo. Ela gime y vuelve a tocarme una nalga. La miro y me rio, esta vez me importa un carajo, mientras no se pase. Sonriendo con su perfidia habitual, Ela besa a Carmen por el cuello. Carmen sonríe a la par, me empuja con elegancia, y apartándome se acuesta encima de Ela, besándole los senos, sin parar de masturbarla.

La vitalidad comienza a ceder y regresa, poco a poco, la flacidez. Ya no soy el de antes, pero insisto: el perro huevero, aunque le quemen el hocico. Sin embargo, no queda otra y al final acepto que Carmen me aislara por sus deseos de tener a Ela para sí sola. Me distancio, permito se deleiten la una con la otra sin interferencias de ninguna índole, y me voy a tomar una copa de vino, que no sé quién ha traído hasta el cuarto, y las observo con placer, recostado a la ventana.

Ela, sujetando a Carmen por las orejas, le va moviendo la cabeza muy suave hasta que la pone justo entre sus piernas. En el recorrido, Carmen continúa besando a Ela, chupándola, y a intervalos la muerde mansa y amorosa. Por fin, Carmen llega al sitio donde Ela, desesperadamente, quiere que se quede y allí perdure con su lengua.

Al despedirnos en la puerta, le pido de favor a Ela que no traiga otro cigarro como ese. Las dos me besan en ambos lados de la cara y Carmen me ordena afeitarme, jura que tiene los muslos irritados por mi barba incipiente, y bajan la escalera riéndose por enésima vez.

—¡Maldita yerba! —refunfuño en voz baja, abriendo la ducha.

Me propongo acostarme, un pequeño malestar todavía me golpea. Después de salir de la modorra, abro mi *laptop* y repaso mentalmente la trinidad que he disfrutado prácticamente omitido. Intento escribir, pero a escasas tres líneas cierro la *laptop*, la vecina de al lado comienza a gimotear. Escucho latigazos, incluso gritos que se cortan, y a punto estuve de tocar a su puerta, pero nada más para contarle mi historia reciente, porque ánimos no me quedan. Tal vez consiga ella una fantasía que la descoque y un día me lo agradezca, y hasta me devuelva el favor.

Me levanto, tengo un hambre increíble y demasiada sed. Abro una Yuengling y corto un pedazo de queso manchego. Voy a la sala, enciendo un Chévere, reviso el cenicero, ha de quedar la *patica de King Kong*, pero recuerdo que no. Por suerte, Ela se la ha llevado para dársela a su marido, que debe estar muy cabrón por la tardanza, y eso lo calmará un poco y discutirá menos. Para distraerme, busco en el librero un cuaderno de poemas cualquiera y me tropiezo con una foto de Amalia y yo en Coconut Grove. Confieso que me da vergüenza saber que estuvo allí todo el tiempo, pero lo olvido de inmediato. Me bebo, además de la cerveza, un poco de vino olvidado en una copa. Debe ser la copa de Carmen, que bebió menos y fumó más, y sonrío al recordar que mi cáliz no tiene *palito*. Tropiezo en el piso con el mamotreto de versos que me regalara el vecino de enfrente y lo escondo entre los libros que sé no voy a leer jamás, y que guardo únicamente para que sus lomos cubran espacio. Escojo un título al azar: *Alguien canta en la resaca.*

El vecino de los bajos, su amantísima consorte

El vecino de los bajos cumplió años el miércoles, y el viernes su mujer quiere celebrarlo por todo lo alto, según ella: tal y como merece su hombre. El jueves, la amantísima consorte toca a mi puerta con un ojo amoratado. No lo tenía así por la tarde, cuando me pidió de favor que le guardara en mi refrigerador una fuente repleta de ceviche, mientras me contaba su plan de la fiesta sorpresa. Asegura que su marido la abofeteó porque la vio salir de mi apartamento. El tipo piensa que se está acostando conmigo.

Sin embargo, en medio de una situación tan desagradable, no alcanzo a contener la risa al sentir a mis espaldas cómo Ela y Carmen salen disparadas para esconderse en el cuarto, apenas les dije que quien tocaba a la puerta era la mujer del vecino de los bajos. Arrebatadas, no se percatan de la bulla que hacen con sus carcajadas divinas y el soberano escándalo al correr como un par de locas, y en tan corta distancia, sobre un piso de madera donde la caída de un quilo puede tener proporciones mayúsculas. Sin mencionar sus ropas, regadas por la sala, las carteras y el resto *de sus cositas*, que delata la presencia de ambas. Es jueves de alivio, disminución del estrés en el Templo Mendoza, con un torpedito pequeño, menos agresivo, y menos vino.

Intento calmar a la mujer del vecino de los bajos, evitando que entre. Abro la puerta y dejo solo una rendija. Ella, por el contrario, no entiende por qué me rio en medio de un melodrama tan intenso como el que sufre, e insiste en entrar. Al percibir que le pongo resistencia, me empuja y termina sentándose en el sofá, no sin antes mirar a su alrededor con cara de *aquí se está pasando bien y no me avisaron*.

Su expresión dura segundos y grita luego, la muy desequilibrada, que va a llamar a la policía. En ese instante, asumo que el edificio entero sabe de la pelea y estarán al tanto, nada más por divertimento; nadie va a meterse en ese rollo, a no ser yo. Por fin, después de unos quince minutos tolerando su desajuste, los insultos para con el vecino de los bajos, y el reiterado llanto —sin dejar de observarlo todo—, la despido pidiéndole por segunda vez que se tranquilice, con el compromiso de que iré a hablar con su marido, tal y como me suplica.

Ela y Carmen regresan del cuarto. Ela me aconseja: no es *aconsejable* conversar con un tipo que está muy molesto, menos cuando asume que su mujer le pega los tarros conmigo, cosa que ella no duda. Y añade que el hombre ahora me ve cual enemigo irreconciliable. Carmen únicamente ríe y rellena su pequeña pipa.

Ni siquiera en un cuento me imagino con la mujer del vecino de los bajos. No porque sea una hembra desagradable, sino porque el vecino aparenta ser buena persona y ella es seductoramente insoportable con él. Bajo de una vez a razonar con el vecino. Antes de irme, de nuevo Ela me pide que sea precavido y remata con un *nunca se sabe* harto conmovedor y un *no te demores que nos vamos*. Carmen continúa apegada a su silencio y a su pipa, y tomando a Ela por la cintura las dos regresan al cuarto.

El vecino de los bajos está sumamente cabrón, sin embargo, no pone objeciones a que me pare en su puerta. Pretendo explicarle que cuando vio salir a su querida esposa de mi apartamento, fue precisamente porque ella venía preparando desde hacía más de una semana una sorpresa de cumpleaños, según me comentó cuando me vio llegar por la tarde, sin darme tiempo siquiera a quitarme el uniforme de mi trabajo. Incluso, me atrevo a aseverarle que su mujer lo ama, la prueba es el *surprise party*, una señal irrefutable. Aclaro que el misterio con el ceviche se reduce a que ella teme que él se lo coma antes de aparecer los invitados.

El vecino me mira con una expresión muy parecida al rostro de Buster Keaton y continúa sentado en su sofá, que imagino tendrá sus historias. Le pido amablemente conversar otro día, cuando se calme, y complemento mi conciliador parlamento anunciándole que le voy a traer de vuelta el ceviche, que ni siquiera he probado, y antes de cerrar su puerta pienso, un tanto encojonado, que me importa poco si se lo come antes de la fiesta, durante, al otro día, o si lo envía a Lima por DHL para un análisis de pH.

Le devuelvo al vecino la bandeja con el ceviche sin abrir mi boca y reboto escaleras arriba pensando que es una buena historia para garabatear. Le comento a Ela y a Carmen la idea, cuando regresan al sofá, locas por enterarse del chisme. Pero duran muy poco sentadas conmigo, las dos salen de nuevo para el cuarto, con idéntico escándalo y ligereza, al oír que tocan por segunda vez. Es el vecino de los bajos. Trae consigo un plato con un poco de ceviche y una botella de vino. Quiere pedirme disculpas. Contar qué pasó efectivamente, y me muestra un par de arañazos en el cuello. Sonrío con discreción y lo invito a sentarse. Ela ha olvidado el ajustador sobre el sofá —Carmen nunca los usa, dice que para qué–, y el vecino se deja caer justo encima del bendito ajustador.

El vecino de los bajos no me roba mucho tiempo y se marcha más sereno. Me regala la botella, el ceviche, y al despedirse me abraza, me ruega casi, no deje de ir a la fiesta por su cumpleaños, que de todas formas la dará la semana entrante, considerando es el tiempo prudencial para que a su mujer se le desparezca el moretón del ojo y a él le hagan postillas los arañazos. Antes, todavía sentado, me pide muy pomposamente que mis amigas lo disculpen, que ellas están invitadas igual, y se saca de abajo del fondillo el ajustador de Ela y lo ubica encima de la mesa del centro, justo al lado de la cartera de Carmen. Le prometo que allí estaremos, le agradezco el gesto y que, por fin, saliera de mi casa seguro de que entre su mujer y yo no hay nada.

326 Mendoza

Reconozco que la vecina del 326 viene obsesionándome, a pesar de que las veces que coincidimos jamás me ha dirigido la palabra. La miro con escasa prudencia, de manera que sienta que no me es indiferente, cuidándome asimismo de no parecerle irrespetuoso, cuando más un tipo coqueto, y la chiquita, en cambio, simula no notarlo. Sin embargo, si aparento que no es a ella a quien estoy mirando, advierto por el rabillo del ojo que me da su repaso discreto, pero porfiado. En este juego, que comenzó poco más o menos al inicio de mudarme, en el que cada uno está al tanto del otro y por momentos finge lo contrario, me pregunto en cuál apartamento vive, mientras los dos vamos apurados por encender nuestros carros, superar el *stress* que presupone enfrentarse al tráfico de la mañana, y al fin desbandarnos lo más rápido posible. Mi edificio y el suyo, en apariencia idénticos —y no es del todo cierto, el 326 está mucho más conservado, con vecinos, presumo que menos *deletéreos* a los míos—, comparten lado a lado la misma acera. Apenas nos separa un corredor de unos catorce pies de ancho, que una vez hubo de ser un hermoso jardín, con un par de cocoteros en el medio, dicen que indios por lo verde intenso de sus cocos, y muy altos, más que los propios edificios, hoy con muchas de sus ramas tocando las ventanas a ambos lados.

Espacio también lleno de memorias que a nadie le importa traer de vuelta, con cuatro tanques de basura.

La ventana de mi cuarto queda al frente de su apartamento, sin que los cocoteros nos molesten, y vine a enterarme hará unas tres de semanas. ¿Lo curioso? No es ella el tipo de mujer que me atrae considerablemente. Y nada que ver con su color de piel, que de cuando en vez –¡y de qué manera! – gusto de *oler la flor de la canela.*

De unos cinco pies y tanto, si está descalza, pelo negro, rizado y suave, la vecina del 326 es una hermosa mulata blanconaza de unos treinta años, pero lo suficiente bronceada como para apostar que su fresa es de un escarlata intenso y entre sus nalgas el color negro es preponderante. Es decir, formulando la imagen de un modo más terreno: sin duda alguna la fruta es intensamente colorada, y el ojete debe ser bien prieto.

Asumo que pesa unos sesenta kilogramos, definitivamente no es una flaca consumida, como me gustan, sin embargo, no se trata de una gordita deforme. Trae consigo una sensualidad no muy familiar, si la contrasto a mis referentes más tradicionales –quizás porque es menos felina, siendo directamente proporcional a su voluptuosidad– y viste bien, con refinado gusto, digamos que lo hace con una depurada intemperancia, esa que no da, pero sugiere, al punto que calienta, y conserva una atractiva figura por la que se me antoja una mujer apetecible. ¿Y sus curvas? Bueno, son para recorrerlas con pretensiones de un largo y sápido viaje. En fin, que la chiquita está muy buena, y para rematar tiene un par de nalgas de concurso, bellas como para jurarlo en corte, pero es media loca y se mueve como el conejito de las baterías Energizer, pinchándome a espiarla por esa manía que tengo de escudriñar a la gente para *escribirlas.*

Su maña es diaria, por la noche, poco más o menos a la misma hora. Se pone a trajinar en el cuarto, donde el único acento curioso es una enorme bandera canadiense colgando en una de las paredes, la que queda al frente de mi ventana, y se dedica a arreglarlo todo, desordenándolo después, presumo porque no está conforme, y yo no entiendo. Sin embargo, me complace sobremanera, realiza su loca rutina desnuda.

Claro, me he habituado a tal punto a este voyerismo que al día siguiente, al levantarme, doy un vistazo al frente, *just in case*, aun cuando sé que ella no va a exhibir su osamenta forradita de carne –al menos no de la manera que lo hace en la noche–; y de adelantarse, lo que es muy poco probable, porque ambos estamos presionados por la hora, tampoco yo lo iba a percibir. A ver cómo lo explico, sin que parezca un hedonista elemental: el sol de la mañana –y el del mediodía, y el de por la tarde– se comporta como un enemigo irreconciliable, y lastimosamente no me permite regocijar mi esencia sibarítica, articulada por la lubricidad que se desprende de la imagen que regala una encantadora mujer desnuda a través de un desgastado dosel de encajes amarillo. Que las *putas* cortinas se transparentan en la noche, y lógicamente con luz eléctrica.

Hallo que la providencia fue responsable, y serían alrededor de las siete y media de la noche, o quizás más, porque comenzaba a oscurecer. Contemplaba embobecido la mata de coco que más cerca queda de su apartamento, creyendo ver a mi ardillita juguetona –esa que cruza los domingos por delante de mi sala, y por la que a veces acabo encontrándome una agradable sorpresa– cuando la descubrí en su cuarto.

Nunca sus persianas estuvieron abiertas, al menos no lo supe hasta esa tarde. Vestía ropa deportiva, negra y brillante, presumo que para hacer ejercicios, y muy pegada a su cuerpo, subrayando su figura. Se colgó un bolso al hombro, se marchó del cuarto, y sospecho lo hizo de su apartamento, pues no volví a verla.

Después comenzamos a toparnos más tarde, aproximadamente a las nueve de la noche, y desde ese momento estoy al tanto del reloj, verificando que sean quince minutos antes de las nueve, o tal vez cinco después, y saco los prismáticos que me diera Amalia sin una razón determinada, que intuí el día que me mudé, podrían servirme para un *ejercicio* como este. Y ahí está la mulata, puntual, teniendo en cuenta el margen de diferencia que le regalo haciendo yo mis cosas habituales, regresando siempre a la ventana. Esto es, casi siempre, de lunes a jueves, los fines de semana ninguno de los dos nos vemos, ni abajo donde parqueamos, ni arriba en su cuarto y el mío.

Sin embargo, juro que nunca me he masturbado. Saboreo, además de su cuerpo, su agitado andar de un lado a otro con una velocidad considerable, que me hace presumir —y pienso ahora en la prosa, el pleonasmo de Valle Inclán, para darle de nuevo manumisión a mi cacho sensitivo, recreando mi conjetura, amén del garrafal floreo que representa excederme con tanta verborrea— *ha de implicar una experiencia reconfortante el acto de relamer el rosetón de esta fémina gustosa, mamar su organismo todo, pardo, compacto, epicúreo, terso* —mucho más cuando sale empapada del baño—, *debido a su índole y carácter,* que más básico y pedestre, más afín con otra de las caras que constituyen mi esencia, a veces predominante según mi estado de ánimo, pues el hedonista poético no aparece siempre, sonaría demasiado *animoso,* escatológico.

Y me quedo inmóvil detrás de mi cortina roja, que no se transparenta –o lo supongo– por ser de *corduroy*, con la luz apagada, y mis anteojos apretándome los ojos, atendiendo a su ajetreo por la pequeña abertura que dejo, inventando una historia para ella. No pierdo de vista cómo decreta su universo, todo al arrimo de una extravagante armonía, donde han de convivir el caos y el orden. Incluso, la he sorprendido limpiando, regando agua por todos lados, perpetuamente desnuda, constantemente apurada, con la intención de acabar pronto, darse una ducha, la que jamás he disfrutado –la ventana de su baño es chica, exclusivamente enseña su cabeza–, y al acabar, sin ponerse prenda alguna, acostarse con su gato. Tiene uno, persa, blanco de mota, regordete, sedentario, que, reposando en la cama, la disfruta silencioso y con la esperanza acaso de que alguna vez su protectora se convierta en gata.

Ayer no, ayer no me contuve. Su hábito fue roto por primera vez, desnudándose con calma, dándome la impresión de que cantaba. No ordena nada, ni lo descompone, y me atrevo a jurar que echa un vistazo a mi ventana. Por momentos, no dudo que la vecina del 326 está al tanto que la vigilo con disciplina, y presumo que le gusta, y como yo, vive pendiente del otro lado.

Delante de su espejo, con una mano se toca entre las piernas, se golpea suave encima del pubis, que luce recién depilado, dándose palmadas, y sacude sus caderas lentamente, como si bailara una danza oriental, disfrutándose toda; con la otra sostiene una pequeña pipa. Delante del espejo están sus senos, enormes, redondos, con unos pezones oscuros que, como dianas, conseguía ver reflejándose sin que molestara su cortina, sin necesidad de mis anteojos. Espejo, espejo, espejo…, en ese minuto agradezco al sujeto que se le ocurrió poner por primera vez argento vivo al fondo de un cristal y después comercializar su invento. El bendito espejo, que donde está colocado no alcanzo a distinguirla por completo si ella se acerca un tanto, al salirse del área de la ventana y ubicarse detrás de la pared, dándome únicamente la oportunidad de saborearla a medias. Por suerte, o con toda intención, se planta en un punto que me permite no solo deleitarme con sus nalgas, sino de frente, de lado, consintiéndome al rebotar su bonita estampa de una parte, gozarla por completo de la otra, recorriendo ahora su fresa, restregándosela en pausas cortas con la palma de su mano derecha, y luego acariciándose los senos, la barriga sin un miligramo extra de masa preponderante y fofa, inmediatamente sus nalgas, pasando la mano entre sus dos tapas, ladeándose sin quitar los ojos del espejo, mientras con la mano izquierda continúa sosteniendo su pipa. Y regresa su dedo del medio, metiéndoselo repetidas veces, y a intervalos se lo chupa. Y la mulata muerde su pipa, aprieta los dientes, mostrándolos perfectos; inclina su cabeza, y con sus dedos índice y del medio de la mano izquierda, abre su fresa para mirarse, y frotando su borde con la mano derecha, aparece una mueca rara en su boca, empujándola hacia afuera, empinando sus labios, y los dientes continúan apretados, al punto que pienso va a partir la boquilla de su pipa, expresión que definitivamente no es de desagrado, se debe, en todo caso, al placer que le induce manosearse con ganas.

Mantiene su fresa abierta la mulata, que se revela enorme, maciza, si la comparo con otras más habituales para mí, esas que disfruto por afiladas, y que te fracturan tu *vigor* si no apuntas bien. Tiene una hendedura rechoncha y compacta, y como suponía, de un rojo intenso. Y la muy loca no para de enterrarse el dedo del medio de su mano derecha, y con la otra intenta abrirse aún más su opulento fresón. Después de aproximadamente medio minuto masturbándose, sin parar, y a punto de conseguir un orgasmo, súbitamente se detiene, vuelve a sostener su pipa, siempre con la mano izquierda, y al retirarla se babea un tanto. Durante algunos segundos se manosea de nuevo el pecho, revolviendo sus senos formidables con la saliva que le ha caído encima. Y así, aspirando una profunda bocanada de yerba, bota el humo pegándose a su ventana y tengo la sensación de que me ensarta con su mirada a través de su viejo dosel de encaje.

Me bajé el *short* y comencé a compartir con goce su goce y, cuando menos lo espero, la mulata sopla nuevamente el humo clavando sus ojos en los míos, sin importarle mi cortina, percibiendo tal vez el pequeño espacio por donde la saboreo. Y se desplaza pausadamente, de espalda a la bandera canadiense, con una escasa sonrisa, y suave se acaricia su centro, y prolonga la mordida de su pipa, esta vez con menos intensidad. Y llega al interruptor, siempre de frente a mí, de modo que la siguiera observando, y sonriendo ya con evidente descaro, apaga la luz.

Al percibir que iba a quedarse a oscuras, corrí a encender la mía. Me tocaba a mí iluminar mi cuarto, abrir mis cortinas. Pero fue rápida en su determinación, muy breve el segundo, y con él se disipó mi delirio de mostrarnos el uno al otro sin tapujos, hipocresías, sin que nos intranquilizara el hecho de que nos vieran desde el resto de las ventanas, sin importarnos el mundo. Por supuesto, no tuve inconveniente en imaginarme el resto.

Hoy coincido con la vecina del 326, donde parqueamos, y me ha dado un *good mornig* muy seco, y apenas sus ojos cruzan los míos, pero esta vez ha sido sin ambages, y me parece una estupenda señal. Al fin me mira sin disimularlo y me dirige la palabra.

No tengo idea de quién es, y qué vive ahí

María Verónica, mi buena Marivero, me llama por teléfono y nada más responderle, sin saludarme siquiera, me pregunta si me he ganado la *Lotto* –solo eso justifica por qué hace tanto que no nos vemos–, y si ahora mismo estoy ocupado. Exagera, típico de su naturaleza paranoica y anticipada, de ahí que debe estar seca, enflaquecida como polaca en Auschwitz, tanta ansiedad resulta una manera excelente para quemar grasa, al punto que le queme los huesos y el cerebro, sin mencionar el cigarrillo que no suelta. Le respondo con desgano que he regresado temprano del trabajo, muy temprano, y estoy en Mendoza desde hace rato, sin nada qué hacer, mucho menos con ganas de intentar algo. Le aclaro que *el tablado* en apariencia se mantiene como la última vez que conversamos... la penúltima, prefiero rematar, a pesar de algunas tentativas de mi parte por reconfigurar la *puesta en escena* de mi existencia, que continúa sorprendiéndome con eventos de última hora y que apuntan a joderme un mes como diciembre, que adoro.

—El cuartico, por desdicha, no está tan igualito, puede que peor —le señalo con ironía, sin entusiasmo, medio en nota, y María Verónica lo percibe. Completo de manera seca, para que no curiosee más—: Solo un desajustado intento por renovar mi enjundiosa vida, desconocido para ti, fallido, que te enterarás en su minuto. Por lo demás, no he jugado la Lotería, me bebo un vaso de *whisky*, contemplo el techo y, semejante a Serrat, pienso que no le viene mal una mano de pintura.

María Verónica está esperando a que Elena termine en la farmacia para ir a recogerla. Le sobra tiempo y me propone pasar por Mendoza con unas cervezas. Le exijo que no demore. «Que sea Yuengling, la más prieta, la más vieja».

Recibo a Marivero con una manifiesta cara de mierda, una expresión como la del bolero, pues tengo *un rostro frío que da pena*. Muy lejos de la más habitual, la de satisfacción, desde que acepté mi soltería y la compañía inmejorable de mis *Lolas*, y, además, el placer de escribir mi primer cuento sobre la chica que pretendía venganza.

—Van cinco días, hasta hoy por la mañana, que regresé con Amalia —le confieso con algo de ira, porque estoy cabrón conmigo y con el resto del mundo, que al parecer todos se han puesto de acuerdo para de desequilibrar mi *precario escenario*—. Veníamos hablando, hará dos semanas. No te he dicho, porque no quiero me des consejos sobre qué es lo mejor, que no me cabe duda, tu cantaleta será insistiendo para que regrese con ella. El domingo pasado, bien temprano, me pidió que la viera en su casa y me invitó a almorzar. Jura estar arrepentida y procura arreglarse conmigo. Ella me gusta, Marivero. Todavía la amo, de alguna manera, aunque ya no es como antes. Por supuesto, después de visitarla y acceder al regreso, poco a poco, como es de suponer, que no voy a renunciar a Mendoza por un retorno del que no estaba muy convencido, el lunes llamé a Ela y a Carmen y les comuniqué solemnemente que me había mudado de nuevo con Amalia, que volvíamos. A ti, claro que dudé en decírtelo, porque muy en el fondo sabía que no era una buena idea. Ela me conoce, al parecer conoce a Amalia, y me asevera que no va a resultar. Para ella, soy un hombre imposibilitado si no tengo una mujer cerca, tremendísimamente pendejo, perturbado por mi temor a estar solo, y al final todo se iría a la mierda. En cuanto a Carmen, me invitó muy entusiasmada a que lo intentara, sin que por eso deje de verla. Hoy, cuando salía temprano de casa de Amalia para el trabajo, concluí con dolor que Ela es una bruja, que lleva razón, pues muy en el fondo no es a Amalia a quien quiero cerca, y, al parecer, ella a mí también me desea lejos. La muy loca, luego de cuatro días y doce horas pasándolo juntos, me ha dicho bien temprano, casi de madrugada, que se marcha a New York, y yo sin enterarme, en medio de una tierna reconciliación, que presumiblemente es *la voz más alta del amor*. En un inicio, pensó que fuera con ella, incluso me compró el boleto para darme la sorpresa hoy por la tarde. Rápidamente, descubrió en escasos veinte minutos, más o menos, mientras me observa durmiendo, que se ha arrepentido, que todo se reduce a una recaída inevitable, que ocurre en cada proceso de recuperación. Y en ese punto de su monólogo me reí con ganas, y le aconsejé que se tratara su bipolaridad.

Amalia está convencida que aquel Bruno tierno y amable ya no existe, ni siquiera en la cama. Mi risa, mi sarcasmo, mi supuesta frialdad, lo corrobora, y se ha despedido de mí como si se tratara de un vendedor de seguros, de los más menesterosos. Por respuesta le di un beso en la frente y he recogido las pocas cosas que nos llevamos juntos, de aquí, el domingo por la noche. Sin embargo, al parecer no era mi día, y lo corroboré una hora más tarde. Iba por la 40 y la 57 del South West, cuando me para la policía y el hijo de puta, que evidentemente es un novato, me ha puesto una multa, porque según él me he llevado un *stop*.

María Verónica no abre su boca, creo que debe estar al corriente de cómo he de sentirme: estrujado al pie de la letra por la nueva ruptura con Amalia, por el *ticket*, por mis palomas que volaron del nido, como era de esperarse, un nido gris y deshabitado por esos días, y que supongo a la vecina del 326 hubo de parecerle raro igualmente por la oscuridad y el silencio, para nada frecuente. Las cosas que me han pasado en media mañana, por supuesto, son para deprimirme, pero María Verónica concluye que de ser únicamente eso, mi drama es desproporcionado. Afirma que nada más yo agarre mi celular y me arrepienta, ellas regresan:

—¿Eso es todo? No jodas, los hay peores en este preciso segundo. Llama a Ela, a Carmen, y paga la cabrona multa. ¿Tú no eres de los que sustentan la tesis de que un clavo saca a otro? Pues tienes dos para eso, y más que clavos, parecen puntillitas de zapatero.

Marivero me conoce bien, y es indudable que no lo he dicho todo. Mi cara de mierda lo reafirma.

—Por cierto, ¿qué haces desde temprano aquí...? ¿No trabajaste hoy?

María Verónica observa mi vaso de *whisky* vacío y me ofrece una lata de cerveza medio caliente. Abre otra y pone las diez restantes en el refrigerador, llevándose el vaso a la cocina. Regresa a la sala, se sienta a mi lado, en el sofá. Mi amiga de tanto está al tanto que, para mí, el viejo mueble es un templo de placer. Lo mira y pasa su mano sobre el cuero, que aún se mantiene bueno a pesar de los años, y sonríe. Me pide entonces que termine mi historia, desconfía, y con razón. Bebo un sorbo largo de cerveza, prendo un Chévere, y acabo, tal y como ella demanda, contándole el más reciente suceso, con mi lengua pesándome más de lo habitual. Mi peor tragedia, que terminé escribiendo días después como una crónica, tal vez alucinada.

María Verónica no sabe si reír o llorar conmigo al enterarse de que me han despedido, puesto en la calle a inicios de diciembre, justo el día en que Amalia descubre *no soy el tipo*, y además con un *ticket* de tráfico que me cuesta ciento sesenta y tres dólares. Se le ocurre invitarme a comer a su casa. Me propone que antes fuésemos a buscar a *su mujer* a la farmacia donde trabaja, y yo, increíblemente, me entusiasmo, olvidando que hasta ese minuto estaba poseído por un estado de perpetua angustia. Le pido que primero vayamos a tomar café al Versailles y de paso comprar más Chéveres. Quiero presentarle a una flaquita de ojos verdes que trabaja en la cafetería, con la que vengo *zorreando*. Camino al restaurante, pasamos por frente del edificio donde vive Karla, pero ahora esta es una información que nada aporta, todavía no he descubierto su foto en Facebook. No tengo idea de quién es, y qué vive ahí.

Los mayas eran unos jodedores, por suerte

Sales una mañana de diciembre, al abrigo del décimo segundo año del tercer milenio después de Cristo, convencido que el mundo no se acaba, tal y como pronosticaron los mayas. Partes con la esperanza de que el año venidero sea mejor, y no te cabe dudas que los precolombinos mesoamericanos eran unos jodedores. Te propones entonces interiorizar con férrea voluntad que el dos mil trece, si bien puede avecinarse con aires desiguales, traerá consigo nuevas energías. Pero sospechas, es tu naturaleza. Intuyes que un acontecimiento va a golpear, que simboliza el acomodo perentorio, un reordenamiento detrás de tanto ajetreo. Sales persuadido también que la separación con Amalia será irreversible, y lo haces atrasado por estar recogiendo ropas y mierdas que debías haber dejado. Tomas la calle del *pájaro cuarenta*, esa larga serpiente de asfalto cubierta de hermosos árboles en sus bordes, que ha venido a suplantar viejas nostalgias, y será plectro para otras. Haces una derecha dispuesto a salirte de la calle del *pájaro cuarenta*, a pesar de que es uno de tus *caminos* favoritos en Miami. Perseguir su elegante derrotero, esta vez, constituye problemas debido al tiempo, se impone entonces un atajo. El Jefe es de esos tipos que vive apegado al reloj, cual pedículos pubis. El Jefe se molesta y eso no es conveniente en diciembre. Piensas en la Navidad, piensas en el bono de fin de año, y por fin aciertas el acortamiento que ha de dosificar tu ansiedad y llevarte temprano al trabajo.

Doblas y no te tomas muy enserio una señal de *Stop*. El policía se para delante de tu Chrysler y transpira la temeridad de un *rookie*. Su rostro es la expresión de un oficial molesto y va a ejercer su oficio *by the book*. Intentas explicarle al novato por qué no paraste tal y como dictan las más ortodoxas reglas del tránsito; al menos detuviste la marcha lo suficiente, al punto de cerciorarte que no venía otro auto. El *rookie* continúa mirándote con su eterna cara de policía, que sospechas la tiene desde el día en que su madre, otra policía, lo pariera. Súbitamente sonríe con sarcasmo, cambia de actitud, y muy dócil súplica que le entregues la registración, la licencia de conducir, el seguro del auto. Cinco minutos más tarde te devuelve toda la documentación requerida con el sobrecargo de un *ticket* que suma ciento sesenta y tres dólares, y se marcha en silencio.

Llegas al trabajo un día cinco de diciembre con una multa de tráfico en tu bolsillo. Un imprevisto que se traduce en una innecesaria sangría. El Viejo, al saber de tu calvario, te aconseja que te relajes, y agrega:

—Ya lo malo que te iba a suceder hoy, ha pasado. —Y concluye—: Nada más feo va a acontecerte.

La palmada del Viejo en tu hombro te avisa el final de la conversación. Te propones entonces dedicarte a tu faena. Pero no, apenas si comienzas, la Secretaria te avisa que el Jefe exige hablar contigo urgente. La cara de la Secretaria no te gusta. Sin embargo, recuerdas al Viejo y teorizas que lo feo que te tocaba hoy ya se ubica en el estrato de lo irrepetible. No hay espacio para un segundo percance en menos de tres horas, no tiene sentido portarse como un paranoico. Se supone que un rayo no cae dos veces encima de la misma cabeza.

El Jefe te invita a sentarte y, si bien lo requiere con cierta cortesía, sus modales dejan a las claras que no va a ser este un diálogo siquiera interesante. El Jefe, con su acento chileno, su impronta chilena, su jefatura chilena, y un pasaporte chileno acuñado con una visa de trabajo, no espera a que preguntes el porqué de *sus deseos* por saberte cerca en ese segundo, que se traduce en ubicarte lejos.

—Está despedido, Sr. Bruno. Pase por *Human Resources* para entregar su ID y recoger el legajo pertinente. Allí le dirán sobre los pagos pendientes y los beneficios que todavía posee. Y no es personal, Sr. Bruno. Usted es un buen empleado, se debe a restructuraciones en la compañía. ¡Ah!, de paso, si no le parece que exageramos, se despoja del uniforme.

El Jefe te observa como a un pingüino en Manaos y descubre en tu mirada un estado de perplejidad que llega a conmoverlo, pero no te dice y se despide con un *buenos días* que devuelves atemorizado. La Secretaria, a la que no viste entrar, se te acerca, esta vez con cara de quien tiene que exhibir su compasión con el rendido, a pesar de no padecerla, y te susurra con una voz repleta de melodrama a lo telenovela mexicana, que has de dirigirte ahora bajo su custodia a la oficina de Personal. Te recuerda el asunto del uniforme cuando caminan por un largo pasillo.

El Viejo promete que no va a olvidarte y ríe a carcajadas porque únicamente te cubres con un calzoncillo azul oscuro, de patas largas, repleto de banderas americanas, calzando un par de botas amarillas de caña alta y unas medias verdes con manzanitas doradas sumamente ridículas, y un pulóver blanco, que lleva impreso el rostro de Emmanuel Kant, con un texto debajo de su barbilla que dice *I least I try*. El Viejo te abraza y saca de su billetera veinte dólares para que compres una botella de *whisky* barato, te emborraches, y concluye aconsejándote:

—Es lo mejor en momentos como estos: beber. Es preferible en diciembre. Si te expulsaran en marzo, no va. Marzo es un mes intranscendental, no da siquiera ni para una copa de sidra.

Dudas, pero terminas guardando con cuidado los veinte dólares entre el elástico de tu calzoncillo y la nalga derecha, nalga que Ela piensa le pertenece. Prometes al Viejo una escandalosa borrachera, incluso vas a llorar un poco, que mejor un diciembre para eso.

—¡Diciembre también precisa de lágrimas! —gritas desde la puerta del almacén y observas como el Viejo, ya lejos, te regala un adiós sonriendo, rodeado de los demás empleados que te despiden con afecto, y el Jefe, más distante que el resto, muy serio, levantando la mano derecha mientras sujeta con la izquierda una bolsa que carga tu uniforme, confirmándote un adiós invariable.

Regresas a Mendoza, la vecina de al lado se escandaliza al ver cómo te apeas de tu Chrysler. Ríes a carcajadas y le comentas que a la muchacha del *liquor store* le pareció muy simpático, le gustó, y le has dado tu número de teléfono. Subes la escalera sin que te preocupe mucho el hecho de aparecerte en esa facha, nadie te espera. Ya dentro de tu cálido hogar buscas hielo, un vaso, y derramas un poco de *whisky* en el piso, pegadito a la puerta, para los santos que han de estar disfrutando de un día feriado.

Claro, debes llamar a Carmen y a Ela para que vuelvan. Necesitas de la humanidad de cada una, sus caderas punzantes, sus muslos flacos, y un poquito de su compasión, preferiblemente juntas.

El abrasador romance de mi vecino de enfrente

El vecino de enfrente se levantó del sofá como si tuviese un resorte en el culo. Sí, la imagen de su salida es vulgar, al menos así lo reclamaría Karla horrorizada. Sin embargo, el vecino lo hizo con tal velocidad, como un salto, que no hay otra que consiga graficar con exactitud el modo de incorporarse. Inmediatamente, muy molesto, abrió la puerta y desapareció de mi apartamento sin despedirse.

Pobre mi vecino de enfrente, después de conocer a Margaret y vivir su abrasador romance con *ella-él*, ha cambiado, y mucho. Supongo que lidiar con una transgénero no ha de ser fácil para alguien que siempre fue un heterosexual militante, aun cuando nunca ha sido un sujeto homofóbico. Le he comentado, más de una vez, con la intención de ayudarlo, claro está, que si su *chico-chica* está *operada*, su *forma* anterior es historia antigua, que no le compete sufrir por *sombras* que no le corresponden.

—Asume los hechos con frialdad. —Lo animo—: Es como el cuento de Kafka, pero esta vez la mutación ha sido inducida, quirúrgica, y no hay pruebas de quién fue realmente. Por lo demás, no estamos hablando de un escarabajo, una cucaracha. Margaret está muy bien, cualquiera con apetito se la *come*, y con gusto. Creo que hasta yo me la llevaba a la Kon-tiki. Por supuesto, disculpa mi entusiasmo, lo habría hecho si no supiera que es una *trans*, uno tiene sus escrúpulos, y menos por tu relación con ella (*¿él?*), porque sé que la amas. Quien viese a Margaret, jamás creería que hubo una época en que respondía por Papucho. Y no hay pruebas evidentes de que haya sido un tipo, excepto esa foto de la que me hablas y nadie más ha visto. Ahora es una chica hermosa, aun cuando es cierto lo de su vozarrón. Puede también que sea una X. Sí, *equis*, la nueva definición de lo indefinido en Europa, por ese puto prurito de ser tan políticamente correctos. Incluso, a lo mejor es mentira de ella para molestarte y resulta que es un hermano.

Cada vez que conversamos de su problema, mi vecino se queda en silencio, con cara de resignación. Luego se entusiasma y me jura una vez más que Margaret tiene una fresa envidiable, una *almeja* como no se tropezó jamás, y que se adhiere como un guante cuando la penetra, como una ventosa que se lo aprieta. Eso no debe hacerse con bisturí, es imposible. «Sin dudas, está la mano del Gran Arquitecto detrás», concluye como masón triste, mirando al piso de madera de mi apartamento, que pide a grito le den una limpieza seria.

—Lo digo por el músculo ese —reitera angustiado—, que supongo existe en todas las mujeres, y unas saben contraer más que otras.

Para mayor confusión, mi vecino me asegura que tampoco ha penetrado a Margaret vía anal. Yo me quedo mirándolo sorprendido, como si no entendiera tanta *fineza*, y es cuando me grita que «no le he cogido el culo».

—Bruno, eso sí es mariconería —concluye cabrón—. El culo de Margaret antes pertenecía a Papucho, ese *hueco* sí no se lo han cambiado. ¿No te das cuenta? —señala ahora pensativo, como si reflexionara en algo que no sé, evidentemente, qué cosa es.

Cierro la puerta, agradeciendo no haya dado un fuerte portazo. Es en ese segundo que no me caben dudas de cuánto se ha *tostado* mi vecino, y no tengo idea, por mucho que me empeñe, de cómo ayudarlo. Y está el hecho que, si continúo involucrándome en su historia, me va a desequilibrar, y yo, últimamente tampoco estoy muy cuerdo.

La vecinita modelo

Fue un viernes por la noche y se comportó sin ese aspaviento usual y sin la cantidad de gente que trae consigo las mudadas. Un lance, que además de molestar a los vecinos ya establecidos por el consecuente escándalo, te confunde mientras dura, pues no estás seguro de quién o quiénes se quedan. Solo supuse que alguien estaba ocupando el apartamento de los bajos al mío, por la voz de ella, que reiteradamente daba órdenes.

Luego, los escuché conversando en el patio del edificio y me asomé por unos segundos a la ventana, para tropezarme a un tipo calvo, corpulento, con cara de buenazo y pocas frases, y a una muchacha casi rubia, de espalda las pocas veces que pude verla, delgada como para llamarme la atención, continuamente advirtiendo al sujeto qué debía hacer, y ella jugando con un perro carmelita, de poco pelo, carita cuadrada y unos ojitos azules intensos, cachorro robusto, de patas cortas, que respondía cuando le daba la gana de obedecer al nombre de Dante. Dejaban pegadas a la pared del edificio un par de macetas grandes con unas matas desconocidas para mí, un inodoro azul pálido lleno de tierra con unas malanguitas sembradas, junto a tres cajas de cartón a punto de romperse de tanta cosa dentro, vaya a saber qué, y que vine a confirmar el sábado temprano cuando bajé a fumarme un Chévere y dar un poco de palique con el vecino de los bajos.

Ahora, si hubiera podido distinguirla bien, tal y como alcancé con su novio calvo y su perrito Dante, de saber en ese segundo de quién se trataba, confieso que al amparo de cualquier pretexto me habría involucrado en la susodicha mudanza, sin importarme el calvito. Pero no le puse suficiente atención al asunto y fue corto el tiempo que estuve chismeando. Ela me visitaba ese viernes de marras, un tanto cabrona y muy globalizada trayendo una botella de vino italiano, una lata de sardinas portuguesas en aceite de oliva, un pomo de aceitunas españolas, un porrito chiquito, supuestamente de Jamaica, y demasiados reproches engordados en Miami, entre otras razones por el *sapingo* del uruguayo de su marido. A sus rencores se sumaba el disgusto por la reciente indiferencia de Carmen hacia nosotros, una indolencia que yo no podía aseverar: el miércoles Carmen me había visitado.

—Ela me simpatiza, Bruno, y la pasamos muy bien. Pero habla demasiado, y en ocasiones mucha mierda —me comentaba entonces Carmen riéndose, sin tomarlo muy en serio.

Por supuesto, ninguna de las antipatías de Ela fue óbice para que estuviese empapada como de costumbre y me regalara al final un orgasmo ruidoso, explícito.

Mi vecino de los bajos estaba al tanto y me ratificó que había llegado a Mendoza una flaquita como las que a mí me gustan, con un perrito de lo más cómico. Y vino otro tipo, al parecer el novio, que después de ayudarla con los pocos muebles que traía, prácticamente ninguno, se fue y ella quedó solita. No sé cómo el vecino de los bajos se las arregla para saber tanto de todo el mundo, en general, y el dato que

me resulta curioso, he notado que en Mendoza el minima-
lismo es un estilo invariable entre los inquilinos. La gente
que ocupa los ocho apartamentos, definitivamente rentados,
al parecer somos de pocos enseres y sobrados misterios, incluyendo al dueño. ¿Habremos de ser tan pobres y arcanos?

Mi sorpresa fue enorme al tropezármela en la puerta del
edificio la tarde de ese sábado, yendo yo de salida. Sin importar el tiempo, y aun cuando mi despiste es proverbial,
legendario apuesta Karla, y mi mala memoria es de concurso, su carita linda, sus piernas, su ombliguito y sus teticas
irreverentes me resultaron lo bastante apetecibles como para
olvidarla. Bastó una sola vez para perpetuar en mi cerebro la
primera y única ocasión en que la vi, cuando parqueó a mi
lado y entró en La Dulcería. Y luego, por el retrovisor, al
momento de montarse en su auto, cuando yo me iba del
shopping plaza, dejando atrás a la paloma, llamando a Delio
por teléfono, recordando que estuve a punto de bajarme del
carro para preguntarle lo que se me ocurriera en ese minuto
con tal de disfrutarla cerca, sin importarme el sujeto que la
acompañaba, que apenas si le presté atención, a no ser por
la caja grande, supuestamente con un *cake*. Cómo olvidarme
de aquella flaca, con su blusita mariquita náutica, su saya
corta a cuadros. Gata de poco peso corporal, bálsamo capaz
de regenerar todos mis fragmentos, soldarlos, y que esa tarde se rehusaban a consolidarse por temor a comenzar de
nuevo, como si fuera el tipo recién llegado a Miami nueve
años antes.

Miami, la ciudad caótica, en crecimiento constante, de
complicada naturaleza hasta para el vuelo de una sisella ní-
vea, también podría asumirse como un villorrio pequeño de
Burundi, con vacas y bichos. La vecinita nueva estaba para

probarlo, semejante a mi tesis, de que el ave Fénix habita en el rabo del lagarto.

—Te va a parecer raro —le dije con mi mejor sonrisa, extendiendo mi mano para saludarla—. Te vi hace unos meses atrás y no te olvido. Parqueaste a mi lado, no hablamos, pero estoy convencido que advertiste a un sujeto que te miraba con insistencia, y tú respuesta se redujo a un vistazo, tal vez con desprecio. Desde ese día, a finales de marzo, eso lo sé bien, te conozco. Y fíjate, digo *te conozco*, porque pensar en ti más a menudo me va a suceder a partir de ahora, digamos que, a diario. Sabiendo que vives justo debajo de mí, ya no podré olvidarte, sobre todo, por esos ojos entre grises y azules que hoy recién descubro su color, y esa risa discreta que me regalas por primera vez, con la esperanza de que no sea la última.

La vecinita me mira sorprendida, sin soltarme la mano. Mi parlamento, mi ejercicio para *ligar*, pudo haberle sonado ridículo, pura mentira, pero le gusta. Y para aumentar mi asombro, darle notoriedad a la creencia de que el destino es un acomodo deducido por sabe quién, me confiesa que sí se acordaba de esa tarde en que entró a La Dulcería. Había un hombre de apariencia triste que desde su carro estuvo a punto de tumbarla con los ojos y, realmente, más que molestarla la sorprendió, y no sabría explicarme por qué lo recuerda. Ella llegó para reunirse con el dueño fotógrafo y encargar un *cake* que iban a usar como elemento en unas fotos, y rematar el dosier con una imagen donde estuviese repleta de merengue entre sus piernas. Tenía una sesión precisamente con el dueño del edificio. Y lo mejor, estaba con él cuando un amigo lo llamó, diciéndole que otro amigo suyo estaba buscando renta, y que era buena persona

—Mientras pague a tiempo —respondió el dueño—, no me importa siquiera su coeficiente intelectual, ni cuán respetuoso se comporte. Dale mi número.

De isleños y continentales

Llegaron a principio de los ochenta. Lo hicieron con un hijo pequeño, que terminó creciendo en Little Havana y que ya adulto se fue lejos, a Seattle creo, casado con una muchacha venida por mar siendo una niña, con mucho miedo y un hartazgo de esperanzas que fueron aumentado a medida que se hacía mujer, y que algunas supongo ya están resueltas. Son de la provincia de Santa Cruz, un sitio austral, frío, y apenas si se escuchan. De hecho, además de ser los vecinos más longevos en 324 Mendoza, los argentinos son los más tranquilos y, a pesar de su vejez, todavía se miman como novios recientes. Un amor, no me cabe dudas, que a esa edad nada más los sudcontinentales gozan cómo merece el *amor*. Debe ser la región, que en la Patagonia se quieren distinto, tal vez por el mencionado frío. En el trópico es otra cosa. Puede sea la vehemencia con que vivimos. El calor, que termina por agotarnos.

La señora siempre me saluda muy cariñosa y me gusta su acento, comentándome siempre de su hijo, que es un triunfador, y de sus nietos, de la nuera apenas dice una palabra, o dos. Es una mujer inteligente, me simpatiza, de excedida fineza. Su esposo es buena persona, aunque más retraído y exhibe una cortesía menos ostentosa, sin que por eso roce siquiera la rudeza. Sin embargo, aunque no padece una hostilidad manifiesta, al menos conmigo, otros vecinos lo acusan de impertinente, *demasiado porteño*.

A veces conversamos el veterano y yo –así los llaman en el edificio: los veteranos del cinco–, y sucede más por mi insistencia que por las ganas del viejo. Lo hacemos rápido, a modo de sumario, y por lo general hablamos en torno a temas locales y una que otra de la cultura argentina, de la mía no se menciona nada, no me interesa, y la política es una franja infranqueable que el viejo tiene muy bien asegurada, por más que lo provoque. Recuerdo una mañana, fregando su auto, el veterano y yo discutíamos con muy buena onda sobre la época de oro del cine rioplatense, cuál película o actor era mejor o no, y un poquito de lo hecho más acá. Fue esa vez que le mencioné a Subiela, su *lado triste del corazón*, que en su momento disfruté y hoy me parece una película aburrida. Su juicio resultó categórico, me dijo secamente, sin vacilación alguna, que Subiela es un boludo, su *corazoncito* una porquería, y mucho más mierda que él y el largometraje de marras, es el pelotudo de Maradona. Yo me reí con ganas y agregué que, visto así, la lista de argentinos hijos de la gran puta podría ser extensa. El viejo sonríe, afirma que la mía está repleta de hijos de esa gran puta latinoamericana que los cobija, y que en mi país se encargaron de engordar, por tanto, es más extensa, sobre todo, en cuanto a *guerrilleros socialistas y soldados salvadores* se refiere, que bastante han jodido y siguen jodiendo en este lado del mundo. En ese punto le aclaré que compartíamos uno de esos cabrones, y esta vez reímos con ganas, al unísono. Fue nuestra primera y única complicidad.

Ama de casa insuperable

La mujer del vecino de los bajos, la malquerida, luego de una semana y media a la espera de que su ojo recobrara la *imagen* anterior al guantazo de su marido, por fin formó la fiesta, aclarando a los invitados que para ella y su consorte sería de disfraces. El vecino apareció vestido, supuestamente, de *lord* inglés: un traje negro, camisa blanca de cuello alto, bufanda de cuadros rojos en pleno verano, bombín y capa, reproduciendo más bien a un Béla Lugosi maltrecho. La vecina se mostró disfrazada de pirata, con una falda azul bien corta, botas negras encima de las rodillas, con unas medias también negras y zurcidas en una que otra parte, un sombrero de tres picos rojo, una espada plástica colgándole a la cintura, un parche en su ojo amoratado, y confieso que se veía bien en un inicio al mostrar parte de sus muslos, y a los dos minutos lucía ridícula. La recuperación ha sido lenta, el sopapo de su marido fue lo bastante fuerte y los coágulos no ceden así de fácil. No basta el tiempo, que consideraron prudencial, su ojo todavía tiene tonalidades azules por los bordes.

La mujer del vecino, que también es un ama de casa insuperable, decidió al día siguiente, sábado por la tarde, limpiar el apartamento y lavar las cortinas de la ventana de su sala. Un invitado entretenido, definitivamente comiendo mierda, o borracho a lo mejor —que pudo ser cualquiera, yo, por ejemplo–, las manchó con vino. La mujer del vecino se propuso realizar este, y el resto de sus quehaceres domésticos, muy ligerita de ropa por tanto calor, aun cuando tiene su aire acondicionado encendido, mientras espera que regrese su amado compañero.

Es sábado, dos y tanto de la tarde. El veterano sudcontinental pretende arreglar el cable de la señal para su televisor y tuvo que usar la escalera metálica que el dueño fotógrafo guarda en el patio. La rotura, que no tiene idea de cómo ha sucedido y de la que prefiere no enterarse, luce estar encima de la ventana de la sala del vecino de los bajos, y el señor ubica la escalera justo en el medio, para posteriormente subir, clavar unas presillas y empatar el bendito cable. La mujer del vecino de los bajos, mostrándose casi impúdica, desafiante, le preguntó al señor, con esa condición tan distintiva de ciertas féminas del trópico cuando están *disgustaditas*, qué cojones hacía allí. Agregó que ella andaba en su casa como le salía de su *papaya*, y acentúa su oración empinando las caderas hacia adelante, golpeándose con su mano derecha completamente abierta –muy diferente a cómo lo hace la mulata del 326–, la referida zona donde engorda la fruta. Y continuó diciendo que ella podía estar desnuda si le daba la gana y no iba a soportar que un viejo verde la rascabuchara descaradamente desde su propia ventana, so pretexto de un cable pendejo, para ver una televisión peor. El señor del sur la mira por primera vez desde la altura y responde con un seco: «boluda, te importa un carajo qué hago aquí y no pierdo mi tiempo con galápagos». Ella siguió insultándolo, esta vez más grosera, y llamó a su marido para contarle el atrevimiento del viejo argentino de los altos, que le ha dicho *galanosé*.

El señor sudcontinental, luego de dedicarle a la mujer del vecino de los bajos *su verso*, se comporta tranquilo, se eterniza trepado en la escalera, clava en la pared el bendito cable, empatando la parte rota, sin que la mujer del vecino de los bajos parara de gritarle todo feo, amenazándolo con que su marido ya llega, así de rápido, para descojonarlo. El señor apenas la escucha y muestra una tranquilidad que asusta. La mujer del vecino de los bajos, bien ligerita de ropa hasta ese momento, se desnuda por completo e invita al viejo a que la mire, que para eso vino el muy descarado. Al concluir el arreglo del cable y sin que le haya puesto sus ojos encima, el señor argentino se baja de la escalera y con voz modulada, pero lo bastante enérgica para que sea escuchado, sonriendo y mirándola de arriba abajo con desprecio, dijo: «Puta de mierda, problemática, fea que sos, regordeta. ¡Te parecés a Bibendum!», y salió dejando como una loca a la mujer del vecino de los bajos.

La pelotera

Nueve y tanto de la noche, el escándalo es antológico, como si fuera mediodía, no para que suceda a esa hora. Mi vecino, el de los bajos, discute con el señor argentino y le exige explicaciones sobre qué quiso decirle a su mujer con eso de galápago —puta es lo de menos—, y, además, está lo de Bibendum, la mascota de las gomas Michelin, que lo puso a *googlear* para enterarse de quién se trataba. Viejo mórbido, alardeando de conocimientos, superioridad intelectual argentina, que mi vecino, el pobre, nacido en el trópico, no posee por tantos años de desinformación.

El vecino de los bajos insulta al viejo como establecen las reglas de ese trópico donde creció: vociferando, gesticulando más, y las ofensas claras y directas. Por su parte, el viejo ríe a carcajadas, acusa de bruto e imbécil al vecino, y lo vilipendia, sin mostrarse, con una serie de improperios de naturaleza austral que su contrario comprende menos. Y el vecino de los bajos vuelve a la carga: «¡Qué sí, sale maricón! Más puta eres tú y tu mujer. A la mía se respeta, y menos compararla con un muñeco repleto de roscas. Nadie puede ofender a mi *jeva*. ¡Sale, que te despingo! ¡Cabrón, que te degüello!».

El argentino no renuncia a su coraje, pero prefiere mantenerlo a buen recaudo en su apartamento, y permanece berreando sin presentarse. El vecino de los bajos, expuesto en la entrada del edificio, no ceja en su terquedad por descojonarlo, literalmente, como ya lo había anunciado su mujer. Todo indica que él, exclusivamente, puede humillarla y de paso amoratarle el ojo. El señor le grita desde la ventana de su sala: boludo, maricón, y no recuerdo que otros improperios requeridos en casos como estos, desde luego, la mayoría de *hábitat* sudcontinental. Trato de no prestarle atención al drama entre vecinos, mucho menos involucrarme. Es sábado, por primera vez en mucho tiempo decidí quedarme en casa, únicamente al amparo de un par de *horror movies* rentadas en Red Box y una botella de vino, casualmente de la provincia de Mendoza. Antes de ver las películas me sirvo una copa y sigo conectado a Internet, es temprano aún, para las redes sociales quiero decir, no para conatos.

El vecino de los bajos se envalentona. Sube al apartamento del matrimonio austral y golpea la puerta, provocando. Ahora los insultos se dirigen como dardos a la señora. Le grita al viejo que su mujer sí fue realmente una puta nacida en los arrabales de Buenos Aires, en la época de Gardel. El vecino desconoce la genealogía de la señora, que procede de una vetusta familia portuguesa, finísima, llegando su fundador tatarabuelo a Tierra del Fuego con Fernando de Magallanes.

—Esa mierda de galápago y Bibendum —prosigue gritando el vecino de los bajos—, que le has dicho a mi mujer, pues será la tuya. ¡Puta de suburbios, de Caminitos! —Y añade con las venas del cuello a punto de reventarse—: La muñeco es ella, que *hubo de haber hecho tortilla* con Mirtha Legrand, Libertad Lamarque, incluso, con la vieja esa, la de la Plaza de Mayo, que ahora no me acuerdo como se llama.

Deduzco, por la descripción de la última *tortillera*, que el vecino de los bajos se refiere a Hebe de Bonafini. Recuerdo la lista de argentinos hijos de puta que hablábamos el vecino y yo días antes, y ahí no aguanto, me rio a carcajadas sin temor a que me escuchen. Abro entonces la puerta para asistir en asiento de palco a la increíble comedia. Cuando más entusiasmado está el vecino insultando al matrimonio, la vecina de al lado se envuelve en la pelotera. La mujer ha salido de su apartamento sosteniendo su látigo, indicando, de manera firme, que si no se comportan todos de forma civilizada –excepto la señora, que no se ha oído una palabra de su boca, subraya con orgullo–, pues va a llamar a la policía.

El vecino de los bajos, ahora con mucha humildad, intenta contarle a la vecina el porqué de la bronca. Ella expresa muy enfática que le incumbe un carajo la vida de cada cual. Si en el edificio todo el mundo anda desnudo, si es puta, maricón, o si gustan de *raspar almeja con almeja*, eso es problema de cada uno. Ya no aguanta más el griterío y va a hacer cualquier cosa con tal de callarlos. Al oír esto último, imagino a la vecina de al lado con el látigo, a punto de golpear al vecino de los bajos, y a su mujer que no para de berrear desde la puerta de su apartamento. Me asiste la certeza que pronto comenzaré a escribir una historia sobre este edificio cuasi mágico. Pobre señora de naturaleza austral. ¿Pensará ella que está viviendo en el trópico? ¡Claro que puede imaginarlo! ¡Es Miami!

Por fin se calla el vecino de los bajos, y lo agradezco. Su rival, apenas escuchó a la vecina de al lado, no dijo una palabra más, es un sujeto decente que hubo de defenderse. El vecino finalmente obedece a la vecina, y a su mujer, que le grita con un tono agudo de mesosoprano, que pretende ser dulce: «Papito, baja ya. Deja a esa chusma».

Son las diez de la noche, el escándalo ha durado un noticiero, y reitero, no es hora para alharacas, al menos en Coral Gables.

Lémures de un Mendoza arcano

Por la mañana temprano se han paseado varias modelos desnudas por el edificio. Últimamente, la clientela aumenta, y no solo se mantiene la calidad de las hembras a retratarse, sino que mejora. Sin embargo, no he visto a ninguna. La fiesta del vecino de los bajos acabó tarde y Ela y Carmen, después de un frugal retozo conmigo en la Kontiki, se marchan a eso de las seis y tanto de la mañana. Estuve durmiendo hasta las cuatro y media de la tarde. Por supuesto, me perdí la escena vernácula entre la mujer del vecino de los bajos versus el señor sudcontinental. Me queda escuchar la bronca que sobrevendrá en la noche.

Tampoco supe que la vecinita participó en la *pasarela*, y me entero en el apartamento estudio del dueño cuando fui a pagarle la renta. Allí estaba ella, *skinny and delicious*, y me soltó un *hello* bien *nice*. Yo, un poco por la resaca, balbuceando casi, le respondí un *hola* seco, sin quitarle los ojos de encima. Traía un *short* demasiado corto, mostrando las puntas de sus lindas nalguitas, o los remates, y se veían sublimes esos pedacitos de carne que revelaba con *inocente* desvergüenza. Para arriba, una camiseta ancha que regalaba los bordes de sus apetitosas teticas, mostrándolas por completo cuando se agachaba a acariciar a Dante, que me movía su corta cola pretendiendo jugar conmigo, muy amoroso el perrito, muy bellas sus teticas —las de la vecinita, que el perrito es macho–. Así es todo en ella, sin esa amplificación corporal que distingue a las criollas, con mucha sensualidad, buena estatura, y madurita, porque me ha confesado el dueño del edificio: *la modelo* ya está en los cuarenta.

La vecinita sonríe al notar que no me concentro en otra cosa que no fuera su adorable osamenta, y curiosea con cierta suspicacia si estoy bien. Me dispongo a responderle, sin embargo, no me permite que hable y me jura que el viernes a eso de las doce y media de la noche sintió un ruido fortísimo en mi apartamento. Con su linda y desvergonzada sonrisa de vuelta, *la joven* termina su monólogo dejando claro el temor de que se desplome su techo, que viene a ser mi piso, aprensión que me ha picoteado más de una vez cuando estoy en la bañadera. Pero la miro sin hallar una respuesta coherente, que no me interesa, además, y termino por permanecer callado, aún sufro el malestar de la borrachera con vino barato, y eso de piso y techo, techo y piso, me confunde.

Le quito un cigarro al dueño y bebo de su vaso un sorbo de *whisky*, necesito matar la resaca que traigo. Finalmente, le contesto a la chica que pasé la noche hasta muy tarde en la fiesta del vecino de enfrente a su apartamento. Si oyó ruidos pesados, debió venir de allí. La fiesta estuvo buena, y miro al dueño de Mendoza que se apareció disfrazado de cura y lo hago buscando su aprobación, él se quedó hasta última hora en casa del vecino, y no recuerdo cuándo se fue, y con quién. El dueño sonríe sin mirarme y permanece contando mi dinero, que ya no es mío –nunca lo ha sido–, como si se tratara de miles de dólares. Tal vez lo hace para ver si aumenta.

—Regresé a mi apartamento como a las cinco de la mañana —le repito a la vecinita—. El ruido debió ser un fantasma —concluyo riéndome sin muchas ganas.

El dueño, hasta ese minuto ausente, comenta que nunca se sabe.

—Ya ni sé las quejas que he recibido. La vecina pared con pared a tu cuarto… —El dueño habla sin que esta vez asome en su rostro su mueca favorita, la de burla—, jura que en el edificio habita un fantasma muy antiguo. Incluso, la señora del 5, la sudcontinental, como tú le dices, afirma que ha visto a una mujer embarazada caminando de noche, por el pasillo del segundo piso, con un quimono blanco, muy largo, que arrastra por la alfombra hasta que desaparece por la ventana que da al patio, y que definitivamente es japonesa, porque le ha visto los ojos. —Y pienso yo: así ha de estar sucia la susodicha bata de la aparecida asiática, que podría ser china o coreana. El dueño continúa—: Y está lo de Alcides, cuando vivía en el apartamento que tiene ahora la pintora.

Jura el dueño que el flaco Al, una noche, escuchó, según sus propias palabras, un ruido *urgente, magno*, como si fuese una chicharra cantando frente a un micrófono, y vio una luz intensa que entraba a su cuarto por debajo de la puerta. En la sala una esfera muy brillosa, del tamaño de un balón de básquetbol, se movía como una montaña rusa, haciendo una bulla enorme y golpeando cuanto mueble o adorno tropezara en su recorrido, rompiendo los más frágiles y atravesando los más pesados. Alcides distinguió la presencia de una energía maléfica que, de acuerdo con su *experiencia*, se trataba de un rayo esférico venido desde la lejana Siberia, nacido en las entrañas de un contador eléctrico, parido por una fuerza maléfica, una aberración aterradora, endémica de países comunistas, y que le destrozó una mano a la pobre koljosiana. Alcides se paró de un tirón de la cama, corriendo se puso unas gafas oscuras, y completamente desnudo, con su barriguita de canica empinándola hacia adelante y sus brazos abiertos en cruz, empujaba la luz hacia la ventana, moviendo la pelvis adelante y atrás, repitiendo una y otra vez en voz alta, como una letanía, un conjuro, según él, infalible para casos aterradores como ese: «pinga, pinga, pinga, sal lucecita mandinga», hasta que consiguió sacarla por la ventana que da a la avenida Mendoza.

Alcides, al regresar al cuarto, descubrió que su amor eterno no estaba. El dueño jura que Al, con esa sobriedad muy suya, sobre todo cuando está *volao*, le dijo que su chica bomba tocó la puerta media hora más tarde, cantando un bolero de Tejedor y Luis en arameo, tal y como lo hablaban los fenicios, con esa voz preciosa que le regalara Dios, en un estado muy parecido al sonambulismo, y él no tuvo claro jamás cómo salió ella del apartamento. Su *endless love* tampoco tiene la menor idea, hasta hoy, de lo sucedido y conoce del supuesto incidente *X File* por el que fuese durante mucho su adorado y circundante trovador.

La vecinita ríe a carcajadas. Conoce bien a Alcides y a la que una vez resultó ser su amada preponderante, pero no cree una sola palabra. Aunque termina dudando segundos más tarde, y como si reflexionara en algo específico, asiente que sí, que con esos dos juntos cualquier cosa puede ocurrir.

En 324 Mendoza,
los mediodías sí que son apacibles

Al principio creí que estaba *piripi*, en *nota*, como tantas veces. Por supuesto, miré mi reloj despertador y colgué el teléfono mandándola al carajo, eran las cuatro y quince de la madrugada. Sin embargo, el olor de mi ventilador tostándose me corroboró que la vecina de los bajos, la que pinta, no mentía. Salté de la cama, desconecté el ventilador, y revisé mi apartamento. Por un momento, pensé que se trataba de algo sobrenatural, que el edificio ya estaba poseso de una vez por todas. Inmediatamente, me reí de lo propenso que soy para improvisar una buena cantidad de mierdas en mi cabeza, me dio pena insultar a la vecina y bajé. La vecina me salió irreconocible, con su pelo revuelto, muy asustada, con un pijama espantoso. En ese instante, justo estando en su puerta, cayó un fuerte rayo y la luz se fue.

El apagón, como un enorme toldo negro, forraba todo el edificio, no así la calle Mendoza y sus alrededores, pero llovía tan fuerte que no podíamos salir. El *blackout* duró los minutos suficientes para que me pareciera una eternidad, y si bien la luz regresó en apenas tres minutos, la vuelta no resultó lo buena que deseábamos. Lo hizo con demasiado brillo primero, después comenzó a parpadear, y acabó enrojeciendo a la mayoría de los bombillos del pasillo, hasta que estallaron, regando vidrios por todo el piso, yéndose de nuevo la corriente. Pero no solo reventaron los bombillos, cayó otro rayo tan fuerte como el anterior y el televisor de la vecina pintora estalló también, incendiándose por atrás. A punto estuvimos de cagarnos, literalmente, por el susto que nos provocó los bombillos, luego el segundo trueno y la explosión del televisor, que los tres sucedieron casi al unísono. Por suerte, el vecino de los bajos se había unido a nosotros con su mujer, gritando ella con ese galillo que la distingue; mi vecina de al lado igualmente, casi de inmediato, pero sin decir una palabra; mi vecino de enfrente, de manos de su *chica-chico*, se juntaron al grupo minutos más tarde, *ella-él* vociferando ¡auxilio! con una ronquera horrible, como si quien estuviera pidiendo ayuda fuera Louis Armstrong, contrastando con la mujer del vecino de los bajos, dueña de los agudos más obscenos. El matrimonio sudcontinental, sin atreverse a pasar de la puerta de su apartamento en los altos, sacando únicamente la cabeza por la baranda de la escalera, con una linterna iluminando muy poco, preguntaban más discretamente, también nerviosos, y sugerían que debíamos llamar al 911. Y la vecinita, la bella flaquita modelo que me tenía la cabeza hecha elemento caldoso desde finales de marzo, salió al pasillo con un *bobito* de encaje negro y un *blumercito* verde, bien chiquito, chillando más que la mujer del vecino de los bajos, con Dante amarrado a una correa sin que parara de ladrar, saltando, asustado idéntico a su dueña, preocupada ella por los cristales de los bombillos rotos y las paticas de su perro desequilibrado.

Mendoza se convirtió, por unos minutos, en un sanatorio anárquico, como esos de las películas de terror, un circo de los peores. Reconozco, todos estábamos muy nerviosos, intentado no parecerlo. Por suerte, el vecino de los bajos le tiró un edredón al televisor, que le arrebató a la vecina pintora de encima de su cama, al tiempo que yo lo desconectaba, y acabamos botándolo en medio de la acera bajo un temporal que parecía un ciclón, regresando los dos empapados. Menos el matrimonio sudcontinental, los demás amanecimos sentados en la escalera, en parejas. En el primer escalón estaba la vecina de mi lado, pared con pared, muy amable, coqueta diría, compartiendo peldaño con la mujer del vecino de los bajos, que se mantuvo parado toda la madrugada hablando mierda, borracho idéntico a la vecina pintora; en el segundo, mi vecino de enfrente, muy alegre por el vino, con su *amado-amada,* sumamente contenta, flirteando con el vecino de los bajos, cuando mi amigo estaba entretenido en otra conversación, o volteando la cabeza, pretendiendo que mi vecinita bella y flaca lo atendiese con exclusividad; en el tercero, la vecinita y yo, incomunicados con el resto, al amparo de la ley del hielo, en especial con mi vecino de enfrente, ambos tragando vino, portándonos como novios, apretaditos, abrazándonos cada vez que se veía un relámpago o se escuchaba un trueno, y yo gozoso, de qué manera, a la vez que Dante no paraba de joder. Nos quedamos conversando animadamente y bebiendo, incluso después de que regresara la luz una hora más tarde, ya de manera apacible, sin estallidos, alumbrándonos con un solo bombillo sobreviviente justo encima de la puerta de entrada del edificio, hasta que el tiempo se arregló, como es usual en Miami.

Y amanecimos fumando *crippy* de un cigarrito que sacó la vecina de mi lado, pared con pared; unos más borrachos que otros con un vino tinto agrio de una caja que le desvalijó la vecina pintora al dueño, que ella tiene la llave de su apartamento-estudio-antro. Y el mediodía, al menos para mí, trascendió divino al recibirlo en la Kon-tiki, al amparo de los brazos, los muslos, la barriguita, las teticas, las supremas y hermosas nalguitas de mi vecinita, ya sin rastro alguno de ansiedad, de temor a los relámpagos y truenos, menos borrachita, pero todavía intensamente fogosa. Los dos con un hambre y una sed tremendas, y Dante, a esa hora, ya cansado de joder, luego de cagar en medio de la sala, acostado en mi sofá durmiendo.

Avatar, mi fantasía azul

Hará una semana y media, quizás dos, que no sé de la vecina de enfrente. Extraño su rutina de caos y orden, que se alterna una que otra vez con lujuria. Averiguo con discreción si se ha mudado y nadie consigue responderme. Es como si solo yo la conociera. Sin embargo, anoche tuve suerte y descubrí las cortinas abiertas, y he visto a su gato, inamovible y permanente, encima de su cama como un muñeco de porcelana china. Anoche, la luz de su baño fue la única encendida durante unos veinte minutos, y alumbraba un poco su cuarto. Pero no era la luz amarilla de costumbre, incandescente, sino una de un azul tenue. Me quedé vigilando, al tanto de cuando saliera del baño y regresara acostarse, ese tramo lo hace desarropada, sin *cáscara*. En cambio, una mano que no alcanzo a distinguir si es de hombre o mujer, que no es la suya definitivamente, supongo que sentado en el piso, desde abajo de la ventana corre las cortinas de un tirón. Nada más cerrarse los doseles del viejo encaje amarillento, la luz azul de su baño se apaga.

Estuve pendiente unos cinco minutos, por si el telón de mi escenario favorito se abre por segunda vez, y no pasa. Antes de dormir le respondo un mensaje de texto a Ela y le escribo otro a Carmen. Quedamos en encontrarnos la noche del jueves próximo, como viene siendo usual, y les pido se aparezcan temprano, preferiblemente juntas, para mirar los tres a la vecina de enfrente, y hasta considero por un segundo que también podría invitar a mi vecinita modelo, concluyo riéndome y me acuesto de una vez. Siempre he querido hacerlo y jamás lo he logrado, ya sea porque no aparece la vecina cuando Ela y Carmen están, y si ellas no están es el instante en que se asoma la vecina; o simplemente lo olvido, porque los jueves es noche para fornicar simulando una pasión que compartimos. Así lo prefiere Carmen, en este juego su ternura aflora más que la de Ela y la mía, señalando que lo nuestro se trata de un bello acto únicamente disfrutable para corazones perceptivos al borde de un *abismo*, donde un mulo se asoma, los tres al amparo de una lubricidad sensitiva, de lenguaje inescrutable, y no se precisa que aflore la palabra, basta el quejido suave que nos regala la complacencia encima del sofá, que ha venido a ser nuestro templo favorito; Carmen a veces puede resultar muy *lezamiana*. Cierro los ojos con la intención de dormirme, y sigo pensando en la vecina de enfrente. Incluso, temo que al despertar ya no esté viviendo en su edificio, una premonición sin fundamento en ese instante, una idea que me molesta, y me desvelo, una vigilia sin razón, que se ha hecho habitual luego de estar sin trabajo. Para no continuar pensando, busco una película entre las tantas que guardo. Después de un rastreo no muy riguroso, concluyo eligiendo *Avatar*, y apenas si paso de los primeros veinte minutos. El cansancio, si bien no es mucho, se impone, y he terminado por soñar con la vecina de enfrente.

Una de las ramas del cocotero que queda más cerca de la vecina de enfrente ha entrado por mi ventana, que ahora es un hueco enorme, sin persianas de cristal y cortinas. Sus hojas desprenden una luz azul clara que se acentúa en sus puntas, y el junco que las sostiene cuenta con un ancho enorme, sólido, como si fuera un puente que me instiga a cruzar de un edificio a otro. Estamos desnudos, acostados, sin decir palabra, mirando los tres al techo, y escuchábamos el *Bolero* de Ravel. A mi derecha Ela, Carmen a mi izquierda, y las dos se incorporan. Me toman por los brazos, invitándome a que vayamos al cuarto de enfrente, donde la mulata hermosa nos espera. Un gato blanco se lanza de la rama del cocotero y se queda con nosotros, pero no es el sedentario de la vecina de enfrente. Este es delgado, se mueve con mucha vitalidad, cariñoso además, y me maúlla muy quedo, mirándome como si pretendiera confesarme alguna historia de gatos, en su lenguaje de gato que yo irremediablemente no comprendo. Del mismo modo que no lo escucho, su intento se me antoja una mueca y le respondo moviendo mis labios, en silencio, y no recuerdo qué dije. Como la paloma, el gato sonríe con sarcasmo, y Carmen lo acaricia, le habla, y no sé qué conversan. El gato responde maullando de nuevo y yo intento averiguar de qué trata la plática inusual de ambos, y por réplica recibo otro maullido, esta vez de Carmen, que sí he oído perfectamente, aclarándome que es gata. El gato flaco es gata flaca, enfatiza Carmen. El único macho dominante en el sueño soy yo, detalle que podría prestarse a un psicoanálisis. Ela pasa su mano, con cariño, por la cabeza de Carmen y esta hace esa mímica tan gatuna de enroscarse con la mano que le acaricia, y ronronea, besando a Ela en la oreja, y acaba pasándole la lengua por el rostro.

La gata se sube a la rama y cruza por encima del jardín, en dirección al apartamento de la vecina del 326, jardín que luce mayúsculo, repleto de plantas que jamás he visto, brillando de un modo penetrante por tantas luces de diferentes colores, de las que no ves sus bombillas, sino el centelleo que sale de entre el follaje, como si fueran parte de la vegetación, de la tierra misma, y lo alumbran todo. El jardín está ordenado, sin tanques de basura, mostrando toda su memoria, gente y hechos que desconozco. El edén en que se ha convertido luce limpio, recién chapeado, pero no es un trabajo *by the book* por jardinero apurado a cobrar, es como si lo pelara un peluquero exigente, que para engalanar el corte siembra rosas naranjas, verdes, plateadas, y muchas flores de pétalos cortos, de diferentes formas, coloraciones, tamaños y, por último, habitado por gallinas violetas de picos amarillos, empollando unos huevos rojos que parecen de avestruz.

Abajo está Amalia, desnuda, dándoles de comer a las gallinas un pan sumamente negro que huele delicioso, y un sujeto que no conozco, vestido con chaqueta amarilla y pantalón verde, descalzo, la abraza por su espalda, y me molesta. Sin embargo, saludo a Amalia con cariño y les pido a Carmen y a Ela que lo hagan. Amalia ríe, se marcha, y el tipo que la abrazó desaparece. Acompañan a Amalia, detrás de ella, en fila ordenada, las gallinas, los huevos rodando. El gato, que Carmen me jura es gata, lo hace delante de ella, con su cola empinada, como líder de las gallinas, de los huevos y de Amalia, caminando todos con marcialidad al ritmo del *Bolero* de Ravel. Noto con sorpresa que la vecinita de abajo, mi deliciosa flaquita modelo, va a un costado de la hilera, más despacio, vestida de negro, muy sobriamente, como ejecutiva de un banco, y diciéndome adiós con la mano derecha se adelanta y con la izquierda abraza a Amalia por la cintura, yendo todos hasta una playa que la alumbra una luna enorme, y que recién me doy cuenta estuvo siempre al final de jardín, colmada de sombrillas y sillas, todas vacías. Mi cuarto se alumbra únicamente con la luz azul que irradia de la rama del cocotero. El de la vecina de enfrente igual está azul, más claro y más intenso, y solo un detalle contrasta entre tanto añil: la bandera canadiense a su espalda, *The Maple Leaf*, *l'Unifolié*, ahora es de un blanco y rojo iridiscente, y la hoja de arce brilla más roja aún.

La vecina de enfrente nos hace señas, agita sus manos con delicadeza, las mueve como si se tratara de un lenguaje para sordos, asumo que menos complicado por la simpleza de sus movimientos, pero no sabemos qué intenta decirnos. La vecina de al lado, pared con pared, mientras la mulata gesticula con elegancia, le unta una crema en su cuerpo que la hace brillar considerablemente. Luce espectacular la mulata, con su piel canela pálida fulgurando. Ela me susurra que desea besarla de pies a cabeza y se pregunta cuál será el sabor de la crema. Carmen pretende subirse a la rama para cruzar el jardín, y el *puente*, como si fuese levadizo, comienza a retirarse y no se lo permite. Antes de alejarse la rama, mi gata —a estas alturas del sueño asumo que es mía— regresa corriendo y salta para unirse a nosotros. Ya en mi cuarto pega su boca a la oreja de Carmen, maúlla muy bajo, y aunque esta vez consigo escucharla, no la entiendo. Carmen asiente con la cabeza y la acaricia. Como si obedeciera una orden me mira sin decir una palabra, llevando a Ela al hueco donde estuvo la ventana. Carmen regresa sus ojos a mí, con mucha serenidad, y me comenta que la vecina de enfrente quiere vernos haciendo el amor.

Puse a Ela de espalda a mí, de frente a la chiquita de enfrente —deliciosa redundancia—, de pie, y le abrí las piernas. Carmen se pega a mi espalda, me aprieta, intenta fundirse a mi cuerpo, me besa el cuello, y veo como sus brazos a mí alrededor se estiran más de lo normal para manosear con una mano los senos a Ela, y con la otra la masturba. Cuando comenzamos a amarnos, la vecina de enfrente empieza a masturbarse también, y la vecina de mi lado continúa untándole crema por sus senos, su vientre, sus muslos, con una expresión en su rostro que no consigo descifrar. Al terminarse la crema, la vecina de al lado nos muestra el pote vacío y el látigo, que se lo enreda en el cuello; luego, se acuesta en la cama de la vecina de enfrente, desnuda claro está, con las piernas abiertas, empinadas, como si se tratara de una mujer en trabajo de parto, fumando la pipa de la vecina de enfrente, acariciando a mi gata blanca, que increíblemente aparece echada sobre su estómago y nos observa con mis anteojos.

Al retirarse la rama azul de mi cuarto quedamos en penumbras. Ela me pide que encienda la luz para que la vecina de enfrente nos vea mejor, y no lo hubiera hecho, porque cierto pudor me asiste, incluso en sueños, si no es que Carmen se adelanta. La muy loca no lo pensó dos veces y antes de yo rumiar siquiera la idea, dar mi consentimiento, nos vimos los tres como en un estadio en pleno juego, sin importar cuál. De hecho, sentía que nos aplaudían y el dueño fotógrafo nos tiraba fotos. Margaret, no muy lejos, sentada en una silla majestuosa en medio de un salón inmenso repleto de fotos con la imagen de Papucho, me pedía que la invitara a la orgía levantándose de la silla para mostrarme sus nalgas, provocándome para que se las cogiera. Total, el vecino de enfrente no las aprovecha como ella merece, cómo lo desea. A punto de hacerlo, dejando a Ela con Carmen, muy próximo a Margaret, descubro con horror que se transforma en Papucho y trae consigo el arco con que la hechicera pretendía atravesarme, apuntándome. Ela y Carmen ríen a carcajadas al notar que regreso asustado.

Ela ladea su rostro y lo pega junto con sus senos a los cristales de la ventana, que ha vuelto a su forma original, apoyándose con la mano derecha, pidiéndome más, y más, mientras con la otra mano le aguanta por la muñeca el brazo a Carmen, que no para de mover los dedos entre sus muslos, pegada otra vez a mi espalda como ventosa, con sus brazos largos con tal de no soltar la fresa y los senos de Ela. Y se hizo el milagro, el cuarto quedó oscuro por segunda vez, la ventana se transformó en un andén, y regresa la rama azul del cocotero para alumbrarnos, con la vecina de enfrente sentada encima, desnuda, brillando, bella como una estatua del renacimiento italiano, y ahora se escucha el *Concierto de Aranjuez*. Carmen y Ela la ayudan a bajar de la rama, y cada una la besa en el rostro y la acuestan en la Kon-tiki, que se transformó en balsa, tal y como era la de Thor Heyerdahl en su expedición por el Pacífico, repleta de flores hermosas y mariposas blancas revoloteando encima, flotando mansamente sobre un lago de aguas claras, azuladas por supuesto, con la vecina de al lado haciendo de timonel, marinera experta, que con un remo largo comienza a empujar mi cama balsa. Y el gato, que es gata, reitera Carmen, se une a nosotros, con mi paloma blanca posada encima de su lomo, sosteniendo en su pico una ramita de cannabis, y nos alejamos todos sobre el agua, que ahora es río, y nos acompaña la paz que únicamente puede ofrecer un violín que canta el *Adagio de Albinoni*.

Hoy en la tarde, parqueando justo en el espacio que lo hace la vecina de enfrente, sin darme la oportunidad siquiera de bajarme del Chrysler, el vecino de abajo se aproxima. Me dice, sin esperármelo y muy parco, que la mulata del 326 se ha mudado de madrugada –quién si no, el vecino de los bajos, para saber cuánto acontece en Mendoza Avenue–. Le pregunto la razón y agrega que únicamente sabe que se ha ido al Canadá.

El vecino me da la espalda, se ha marcha por el pasillo del primer piso, más oscuro que de costumbre, y por un segundo no supe si yo estaba despierto o si alucinaba aún. Y ahora que lo pienso, lo ideal, y que me ha faltado en el sueño, es que nos hubiese acompañado Zoe Saldana. Lo habría disfrutado.

La vecina de al lado, de nuevo

Me encuentro en la escalera a la vecina de al lado, viene de hacer compras. Me gusta conversar con ella y hoy, a diferencia de otras mañanas en las que salgo corriendo para encontrar una manera de cómo luchar mi sustento, puedo dedicarle unos minutos, unas horas si se pone interesante. Al tropezármela imagino la posibilidad de que me invite a un café y por fin ver cómo se masturba. Es una fantasía malsana, constante, que no se la he insinuado de ningún modo, y que me da vueltas en la cabeza desde que escuchara por primera vez cómo gime, la forma en que se castiga. Me ofrezco a ayudarla cargando sus bolsas y la acompaño a su apartamento. Me engancha el desdoblamiento de la vecina: aberrada por las noches, beligerante en ocasiones, con suficiente carácter, lista a pacificar una disensión pendeja entre vecinos si siente amenazada la tranquilidad de su clausura. Una mujer apacible, amable, como ahora, cuando nos vemos en la escalera. O aquella, cuando el apagón y la tormenta: intensa, temerosa, y muy cordial inmediatamente se le pasara el susto, mucho más con la mujer del vecino de los bajos, que desde esa noche son muy buenas amigas. Impresión que comparto con mi vecinita modelo mientras voy desnudándola, ejercicio que no es difícil por sus ganas constantes y lo ligerita de ropas que anda, prácticamente, todo el día, y que ella corrobora asintiendo con la cabeza, sonriendo con ese cinismo que gozo en su rostro por el brillo de sus ojos entre grises y azules, por la cara de puta que pone, que es su mueca favorita, y la mía, por hermosa. La vecina de al lado, pared con pared, tiene magníficas caderas, firmeza en sus nalgas, y luce lo suficiente *sazonada* como para comérsela con gusto. Una opinión muy personal, que intento establecer como complicidad invariable con mi vecinita modelo y que ella no asume, respondiéndome tajantemente que no es caníbal, que no le gustan las mujeres... mayores. Son más de cuarenta los que va cumpliendo y pretende vigorizar su precioso cuerpo a través de carnes más jóvenes que la suya, yo soy una excepción, que para nada será perpetua. Me pregunta por Ela y Carmen, se las ha tropezado en el edificio más de una vez y se saludan muy amables, lo sé porque mis *Lolitas* me han dicho muy entusiasmadas que la flaquita de los bajos parece muy buena gente y es muy bonita. Mi vecinita hermosa me pide conocerlas mejor, mientras se toca las puntas de sus teticas con los dedos, se las acaricia con desbordada lascivia, mordiéndose el labio inferior, cerrando sus lindos ojos, hasta que se las agarra y levanta una intentando pasar su lengua por el pezón pequeño y rosado, y lo hace resoplando, moviendo su cinturita tocada por esa imperceptible escoliosis que la distingue, girando encima de mí lentamente con el propósito de desquiciarme mientras me propone que hagamos una fiesta nada más para los cuatro, dejándome claro su preferencia por Carmen. Y mi cabeza se vuela al imaginar a las tres conmigo, y no aguanto como si fuese un chiquillo novato, verde. Mi flaca ríe a carcajadas, alardea que me domina cuando quiere. Se divierte por su trampa y me invita a que recupere mis fuerzas, y me abraza, ahora, con una expresión lo más parecida a una prudente ternura. Y me besa en los ojos, las mejillas, la boca, para luego, con su sensual sonrisa de vuelta, burlarse de mi cerebro calenturiento, de mi edad. Y me pasa la mano por la cabeza, me despeina, señalándome –¡hija de la gran puta descocada, que me encanta!–, estoy quedándome pelón y eso es bueno, según ella, pues mi incipiente calvicie de sacerdote habla de una presencia abundante de testosterona en mi cuerpo, que supuestamente redunda en un beneficio para todas las que vengan.

Conversando con la vecina de al lado me percato que hace más de una semana, justamente después del apagón, no la oigo en su ajetreo habitual. Le pregunto si ha estado fuera y sonríe. Reconoce que no, manifestando cierto pudor. Procuro entonces darle un giro a la conversación. Un punto donde consiga hablarle de *sus voces*, sin que se ruborice y lo tome como algo muy normal. Que sé cuándo se azota, cuándo se masturba y, evidentemente, cuándo grita. En definitiva, quiero proponerle que nos masturbemos juntos, el café queda para después. Imagino lo bueno que sería si Carmen, Ela, la vecinita, ella y yo, nos masturbáramos en grupo, sentados en un círculo, alumbrándonos con velas aromáticas, cada uno muy próximo al otro, a cada lado, y en vez de agarrarnos las manos, cogernos el sexo de cada cual y gozarlo. Una cofradía, una connivencia a nivel genital perdurable. Un encuentro de insistencia, ya sea semanal, o mejor, en días alternos. Un taller de *masturbadores*. Un club de *pajeros anónimos* sin otra finalidad que hacernos muchas pajas y luego comentarlas, intercambiar información, ver cómo mejorar la próxima. Sin el látigo por medio, odio la violencia.

Por fin, abre la puerta de su apartamento. Antes de entrar le pregunto dónde dejo las bolsas, si prefiere en la sala o la cocina. Por respuesta me invita a un café y me señala el piso de la sala, acepto la invitación y me libero de las bolsas. A punto de cerrar la puerta, casi de permanecer por primera vez en el espacio que, para mí, en ese segundo, representa un lugar cargado de misterios y de muy buenas oportunidades, saliendo de su apartamento el vecino de enfrente me grita desde el otro extremo del pasillo, obligándome a que lo atienda, haciéndome señas con su mano para que vaya a su puerta. No puedo menos que pensar en insultarlo, decirle comemierda, lo mínimo, por lo impropio de su aparición. Ya frente a él, con ganas de cagarme en la progenitora que lo parió en un redimido pantano cualquiera, me confiesa con evidente dolor: «Hemos terminado», y muy serio redunda con sus ojos repletos de lágrimas: «pero no soporto estar sin ella».

El vecino de enfrente, de nuevo

—Fue ayer —me cuenta patético su historia, preso de un remordimiento que va creciendo, al punto que se sienta en una butaca y se tapa la cara con sus manos, sollozando—. Me he encontrado en una gaveta un *dildo* inmenso, rosado, y puedo jurarte que no es mío.

Miro al vecino de enfrente sorprendido y le respondo que no entiendo. Mi amigo se irrita, aun cuando pretende mantener la calma.

—¿Cómo que no, Bruno? —me dice con ironía, su voz todavía armonizada—. Pues te explico, he descubierto en la gaveta que le diera a Margaret para que guarde las cosas personales que ha traído, un pene inmenso, un falo artificial. —Y es aquí cuando se descompone y me grita—: ¡Una pinga plástica, rosada, sujeta a un cinturón para amarrarse en la cintura! ¿Entiendes ahora? ¡Que Margaret procura reventarme el culo, si la dejo! ¿No te das cuenta?

No salgo de mi asombro, y no puedo menos que reírme a carcajadas luego de varios segundos en silencio, por la expresión de su rostro entre la ira y la extrañeza, y por la manera en que me lo ha dicho. En cambio, él se va sulfurando más, hasta que termina dando una patada en la butaca donde antes estuvo sentado. Después de estar fuera de sí, no por mucho tiempo, por suerte, me pregunta más tranquilo si quiero ver el *dildo*. Me río de nuevo y lo mando al carajo.

—Discutimos fuerte por esa mierda y me pegó por el hombro, acusándome de retrógrado, cromañón prejuiciado, y hasta de homofóbico, porque, según ella, no me permito el goce que me propone debido a que estoy atado a un estereotipo vetusto, así me ha dicho, patriarcal, y por ser víctima de una cultura latina machista, de la que ella consiguió liberarse el día que fue a un salón de cirugía, y que no soy capaz de reconocerlo por pendejo. ¿Te imaginas? ¿Acorde a sus trasnochadas figuraciones, no soy maricón por prejuicios, lacras sociológicas, un comportamiento sociocultural arcaico? ¡Puta loca de mierda! Pues le devolví su sopapo por el medio del pecho y la tumbé al suelo. Al levantarse me amenazó que si le jodía una teta me mataba, y me atacó con tanta fuerza que me dejó casi inconsciente. Ya ves, Bruno, me siento un miserable. Mira qué nos hizo *él*...

—¿Me hablas de *ella*? —le digo serio—. Aquí no se queda contigo *ningún él*, ¡carajo! Déjate de comedura de mierda y razona cómo debes.

El vecino, con su ojo derecho amoratado, el labio inferior partido, uno que otro arañazo en el rostro y en su hombro izquierdo, en el pecho y en ambos brazos, con una barba incipiente repleta de canas mostrándolo con una pinta horrible, como la de un desamparado en su peor día, y sin prestarle asunto a mi interrupción continúa:

—Bruno, no consigo renunciar a estar sin *los dos*, por ella, claro está. Pero habitando *él* dentro de ese cuerpo que me da tanto placer, termino también por odiarla a *ella*.

—Por qué no mejor pensar en *ella* como es ahora. La imagen cuenta. ¿No aseguran que vale más que mil palabras?

—Me lo he dicho innumerables veces, Bruno. —Y agrega con sus ojos repletos de lágrimas—: *Ella* no quita la foto de *él*, y en todo momento me recuerda quién fue. Le he repetido, ni sé las veces, que mientras la viese como *era* y ya no *es*, no podemos seguir juntos. Y su voz ¡es tan fuerte!, su gestualidad, aun siendo amanerada, ¡es tan masculina! ¿Ves cómo me ha puesto la cara por la de mano de piñazos que me ha dado *él*? ¿Sabes? Ha querido mamarme el culo, meterme el dedo, hasta la punta de uno de sus pezones, restregarme su *perilla* entre mis nalgas, que tiene un clítoris enorme la muy loca, chuparme las tetillas, y en una ocasión intentó amarrarme estando yo borracho y me mencionó invitar al vecino de los bajos. Esa fue la primera vez que le pegué con fuerza y se asustó, dejándome tranquilo, y yo terminé por olvidarlo, por tanta vergüenza debido a los golpes que le di. Bruno, Margaret me ha pedido hasta que use una peluca rubia para decirme que *soy su putica linda, su Marilyn Monroe* y, por último, ahora esa mierda plástica. Es evidente, Bruno —me dice mirando hacia el techo, como si pretendiera ayuda celestial—, cuando *ella* intenta todas esas aberraciones, está poseída por *él*. Por eso alucino con matarlo, para que *ella* sea libre. —Y concluye desconsolado, mirando al piso, hablándome muy bajo—: Pero los dos coinciden en espacio e identidad, cuerpo y cuadrícula, y temo que vaya a hacerle daño a *ella*.

En este punto de la conversación no puedo con la tristeza de mi viejo amigo y me mortifica su estado. No me cabe dudas, el que debe temer a que le hagan más daño es él, precisamente, que ya está del todo loco.

—En fin, no pienso en otra cosa que no sea dejarla. Pero hay un problema, si no lo tengo cerca a *él*, no te imaginas cuánto la echo de menos a *ella*.

Le digo al vecino de enfrente que no debe sentirse así porque la extrañe. Lo peor son sus ganas de matar al sujeto, que él supone ocupa el cuerpo de ella, una historia excéntrica como si fuera una versión de la *Doctora Jekyll y el Señor Hyde*. Al final, el organismo del supuesto *él* ha cambiado, y si *él* ahora es *ella*, no importa si antes *ella* fue *él*, por eso no debe verlo como un contrario, un competidor, sino más bien como un buen amigo.

—¡Eso! —le grito como supongo hiciera Arquímedes de Siracusa con su *eureka*, asustándolo, provocándome risa al ver como brinca, al punto que tuve que apretar la boca para contenerla, y solo me faltó salir desnudo como el griego por todo Coral Gables—. ¡Han de ser amigos y amantes! ¡Vivir en completo sosiego como una trinidad perfecta!

Ya con menos entusiasmo, sin que por fin me riera a carcajadas luego del susto —tal fue mi reacción, que además de estremecerse por mi aspaviento, se queda mudo, pensativo—, vuelvo a sugerirle que hable con el dueño, a lo mejor tiene más fotos de cuando fue *él* y resulta que es otro tipo. Ahí sí debe ponerse celoso, porque existe un hombre diferente, un desconocido en la vida de *ella*, pero sin matar a nadie. El vecino de enfrente me pide que no le dirija más la palabra de la manera que vengo haciéndolo al referirme a *ella-él*. El vecino de enfrente está a punto de no saber quién es él y repite el nombre de su amor como si rezara un rosario.

De pronto, desternillándose de la risa como un loco poseso, me jura que tengo razón, sería formidable ser amigo de Papucho. Súbitamente comienza a llorar a moco tendido y después de varios minutos de un sentido llanto, se seca la cara, se limpia los mocos con la palma de la mano, secándosela en el pantalón, y me asegura que irá a conversar con el dueño fotógrafo. *Ella* no puede ser *él*. Una fresa tan lagrimosa, perfecta, con esa manera irrepetible de apretarle, no podría reconstruirse jamás por ningún cirujano plástico. Es, definitivamente, una broma de Margaret para molestarlo, que ha ido demasiado lejos. Sin quitarle el súbito entusiasmo, le reitero la segunda opción como el plan A: la plena concordia, hacerse amigo de *él* y amante de *ella*, vivir en una *hipóstasis infalible*, en paz. Al decirle esto último, el vecino de enfrente me mira sorprendido, sin tener idea de qué he dicho, y me deja con la palabra en la boca y un vaso de agua en mis manos, que le traía sin que me lo pidiese. Me quedo solo. Mi vecino sale corriendo escaleras abajo. ¿Será?, digo yo…

Me bebo el agua y pongo en su lugar la banqueta, cierro la puerta y me voy en busca de la vecina de al lado, pared con pared. Toco tres veces, la última más fuerte, y la muy cabrona no abre. Pego la oreja a su puerta a ver si escucho algún sonido, y nada. La mando a la mierda mentalmente y bajo. Al pasar por delante del apartamento estudio del dueño escucho al vecino de enfrente otra vez llorando.

La mujer del vecino de los bajos

Hace cinco días que la mujer del vecino de los bajos ha desaparecido, y el infeliz asevera que no tiene la menor idea de por qué lo ha abandonado, y menos dónde se esconde. Se lamenta que entre lo poco que se llevó está la bandeja de ceviche. El vecino de los bajos sufre, y no sé si lo hace más por su ex o por la bandeja, y me mira de una forma como si me creyera responsable. Sospecho, el tipo piensa que su mujer y la bendita bandeja están escondidas en mi apartamento.

Ayer por la tarde me tropecé al vecino de los bajos sentado en la entrada del edificio y lo invité a un par de tragos en el patio, y a fumarnos unos Chévere. Pero el hombre no habla, posa sus ojos sobre su vaso de *whisky*, luego observa con desconsuelo el patio, y no se decide a encender su tabaquito. No hay dudas que la melancolía más delirante lo corroe, además de la confusión que padece. Con el propósito de animarlo, le comento sobre la vecina de al lado. Le cuento con entusiasmo, que a punto estuve de materializar mi obsesión, si no hubiese sido por el vecino de enfrente. Desde luego, no le mencioné la angustia de mi viejo amigo: subordinado al amor que le profesa a una transexual, y sufre por una invención de mujer, que mi vecino de abajo supone es cierta; alguien con suficiente dinero, o un buen seguro médico, para invertir en tal manejo evolutivo, qué sé yo. Mi vecino de enfrente no merece la burla, revelar el secreto, que al menos en Mendoza solo dos personas conocen, aparte de él y *ella*, claro está.

El vecino de abajo sonríe por primera vez, se queda pensativo, y yo no paro de hablar con tal de entretenerlo. Sin terminar su primer trago, sin encender su tabaquito, me deja con la palabra en la boca y se marcha con los ojos repletos de lágrimas. No hago nada por retenerlo y pienso que últimamente todos los hombres que habitan en Mendoza lloran.

Anoche estuve a punto de golpear fuerte la pared del cuarto de la vecina de al lado. Y aunque esta vez el barullo se apreciaba más lejos, como si estuviese flagelándose en la sala, se escuchaba muy fuerte y sentí otra voz, además de la de ella, gimoteando. Hoy, bien temprano, de casualidad, pude confirmar aquello que imaginé con mi mente siempre propensa a la sospecha, como me reprocha Karla; demasiado calenturienta, como me dice riéndose mi bella vecinita modelo. He visto salir del apartamento de la vecina de al lado a la mujer del vecino de los bajos. Iba muy sigilosa, un tanto nerviosa quizás, y yo pegué mi puerta, sin cerrarla por completo, con cuidado que no se diera cuenta que la veía casi correr en dirección al apartamento de su exmarido. Pero lo más conmovedor, descubrir que apretaba contra su pecho la bandeja de ceviche.

Born to be an American poet

He descubierto que el vecino de los bajos se hace llamar *el Poeta de los trece tigres en trance*, heterónimo nada común, personalidad fingida para una obra que no sabía de su existencia, y que es una aberración, además, que ha de revolver la tranquilidad sepulcral de Cabrera Infante, digo yo. De ningún modo se me hubiera ocurrido pensar que el tipo cifrara algún texto con pretensiones literarias, mucho menos poemas. Pero no me sorprende, en Miami todo es posible, incluso escribir sin que seas escritor y ser escritor sin que escribas ni un correo electrónico.

Me he enterado del cambio por su perfil en Facebook, y si bien al inicio provocó una que otra confusión entre sus amistades, lo que me asusta realmente son los innumerables comentarios, muy optimistas, por su mudanza de nombre, alabando, también de forma inusitada, su nuevo *oficio*. Un público en apariencia fiel, dispuesto a encumbrar su *técnica*. En fin, que el amor por la poesía en algunos es tan *intensamente extraordinario* que terminan por lapidarla, unos en cada verso que celebran, otros en la manufactura.

El vecino de los bajos comenzó su *carrera* justo el día que su mujer se fue a West Palm Beach con la vecina de al lado. Quedó roto letra por letra al conocer que su hembra se marchó con otra hembra, que estuvo escondida por más de veinte días en el edificio, justo a mi lado, y el bálsamo para liberarse de su infinita congoja ha sido simple: colgar en una de las paredes de su *living room* la bandeja de ceviche, que encontró en su puerta una mañana, y exteriorizar su angustia escribiendo *poemas*.

Lo simpático, salvando distancias *emotivas*, también me siento un tanto afligido –*afligidito* sería mejor–. El vecino de los bajos y yo compartimos *viables motivaciones y musas posibles*. Y es que, sin él estar al corriente, como es lógico, participamos de una razón poderosa para la morriña a causa de la misma mujer: en mi caso, me han alejado de un espacio para el deleite de esos indecorosos placeres que nos ofrece la vida, un par de mujeres que los experimentan de manera desvergonzada, dispuestas a concederme innegables delicias con pinceladas de aberración, comportamiento irracional incluido, suministrándome el punto bienquisto de sal a la existencia de simples mortales, como yo, movidos por apego a la fruición.

En otras palabras, esta vez sin pretensiones poéticas o referencias a la prosa de Valle Inclán, fueron dos las que mi vecina de al lado y la ex de mi vecino de los bajos me invitaron a que compartiera con ellas. Y en cada visita, la ex del vecino repetía su nueva premisa, que venía elucubrando desde que su ojo cambiara de coloración: «la venganza es un plato que se come frío, hasta relamerse».

La idea vino a madurar en la ex del vecino de los bajos la noche de la tormenta. No le perdonó jamás a su consorte el asunto del ceviche, su ojo amoratado, y juró que en la primera oportunidad se vengaba, *o se venía*, acostándose no solo con la vecina de al lado. Igual le apetecía Ela, Carmen, la vecinita modelo, incluyéndome a mí en la lista. Cualquiera le servía en su desafuero, menos los argentinos y mi vecino de enfrente, al que le tenía miedo por su cara de loco, idéntico a su *novia*, que la miraba muy raro.

Si bien no tuve las oportunidades que hubiera apetecido para repetir –tan solo una tercera habría bastado–, la primera vez que estuvimos la ex del vecino de los bajos y yo, vigilados por la vecina de al lado, que oficiaba más como *security* que gozadora, lo disfrutamos aun cuando la vecina de al lado jamás me permitió que la tocase, excepto que la masturbara con el cabo de su látigo, mientras la ex del vecino de los bajos, encima de mí, de espalda, me daba cintura y besaba con sobrada excitación a la vecina en la boca, y esta respondía sobándole sus senos. Acto, que además de placer, me provocaba su poquito de remordimiento, uno no es del todo una mala persona.

La segunda resultó diferente, pero vine a consumar mi fantasía obsesa. Se lo comenté, y la vecina de al lado, después de mirarme con recelo, tildándome de enfermo mental, consintió en materializar mi retorcidito ensueño, con la única condición de que no podía tocar a ninguna de las dos. Terminamos en un círculo, como siempre imaginé, alumbrándonos con velas, que lamentablemente no eran aromáticas, y la única libertad que me tomé fue la de echarle mi semen encima a la ex del vecino de los bajos. ¡¿Entonces?! ¡Claro que pude también caer en una crisis emocional! Extraño a las vecinas y la partida de la ex debe dolerme su poquito.

Nunca supe de un par de mujeres que hicieran el amor tan reiteradamente, tan escandalosas, y se lo conté a mi vecinita modelo, a Ela y a Carmen, y a ninguna pareció interesarle la historia. Se reían sin tomarme en serio, asegurándome que mi entelequia podría funcionar como una buena historia para el libro que venía figurándome sobre Mendoza.

Semejante al vecino de los bajos, mis *palomas* jamás me creyeron que la ex se escondía en el apartamento de mi más apreciada vecina, la de *pared con pared.*

Esa segunda vez, la última antes de que desaparecieran sin dejar rastro y se asomaran meses después por West Palm Beach, fue la ex del vecino de los bajos quien me envió un mensaje de texto: «Bruno, ¿vienes con nosotras?». Yo, con esa habilidad que he ido desarrollando con los años para obedecer a las mujeres, le hice caso a la ex –cómo no hacerlo–. Me levanté de la Kon-tiki, cerré mi *laptop* y me dispuse a visitarlas. Sin embargo, antes de ir para el apartamento de la vecina de al lado, con nostalgia miré a la ventana de mi vecina de enfrente. Allí estaba su cuarto cerrado, su apartamento vacío, que imaginaba como el bolero de Aldemaro Romero: pasto para las arañas y las sombras raras. Y terminé con las vecinas, masturbándonos, como en un acto coral armónico y sincronizado, un género de liturgia exclusiva para conseguir llegar juntos, y mientras lo hacíamos, por un instante cerré mis ojos y le dediqué un par de *manotazos* a la mulata hermosa del 326, y nada más faltaron cantos gregorianos para proporcionarle toda la solemnidad y gracia a un momento como ese. Y rematamos la noche con un halo sublime, bebiendo vino y fumando *crippy.* Y antes de marcharme, me emplazaron a que les leyera varios poemas de Buesa, mientras se amaban frente a mí. Y lo hice con devoción, pensando en Safo la de Lesbos, la de los cabellos violetas, y en su invocación a Afrodita. Y leí como jamás lo hice antes, definitivamente conmovido, iluminado por el placer de verlas amándose: *pasarás por mi vida sin saber que pasaste, pasarás en silencio por mi amor, y al pasar...* ¡Ah, la poesía y la *tortilla*!

Chat 1

No sé por qué, pero me había encariñado contigo.

Charles Bukowski

«¡Cómo me gussssssta!», le digo a María Verónica con una expresión repleta de gozo, reiterando ese sonido de la *s* con toda intención, alargándolo, para subrayar cuánto me place la bailarina. Una manera de enfatizar mi complacencia por los huesos, la carne de la mujer que más dolores de testículos me ha provocado hasta hoy, incluyendo a otras glándulas, las amígdalas, por ejemplo. La que, incluso, algunos amigos consideran ha sido un cabrón fetiche, una obsesión. Toda la vehemencia que me corresponde en una sola palabra, hasta en una letra. María Verónica pregunta el nombre. Karla se llama, y lo susurro, mostrándole en mi teléfono una foto de su *wall* en *Facebook*. María Verónica la observa y noto que algo le molesta. Creo que la reconoce de alguna parte, de otro tiempo, cuando ella se acostaba con muchachitas locas y desinhibidas, y le sonsaco si la ha visto antes. Me indica que no, pero ese *no,* por alguna razón, no me resulta del todo auténtico, aunque reconoce que su cara le es familiar y termina señalando que no se ve mal. María Verónica, inmediatamente, comenzó a hablarme de Amalia, de lo importante, de lo bueno que sería para mí si me arreglaba con ella.

—Elena y yo nos la tropezamos en el Dolphin Mall, hará un par de días. ¿No te dije?

No, y no me importa. Para callarla, le cuento cómo supe de Karla. El día no lo recuerdo, estaba solo, y pretendía ver una película y no lo hice, terminando hasta la madrugada pegado a mi *laptop*. La descubrí por un comentario que dejó en el *post* de un amigo común, que si me preguntas ahora quién es, tampoco tengo idea. Hice clic encima de su nombre, de allí directo a su *wall*, y vi su perfil, el resto de sus fotos, y la cantidad de *amigos* que compartimos. En apenas diez minutos le pedí amistad. Ella, en escasos diez más, me aceptó. Esperé otros quince y me metí en el chat. En apenas treintaicinco minutos mi vida cambió.

9 y 45 p.m. Primera conversación virtual

—Karla, gracias por aceptar mi amistad…

—Por nada Bruno, un placer.

—Sin dudas para mí lo es. De veras que es un gusto.

—Gracias, para mí también.

—Bueno, no quiero importunarte. Veo que estás en el chat, imagino que ocupada con amigos. Hablaremos en otro momento si te parece. Un abrazo.

—No estoy en el chat. Pero podemos hablar en otra oportunidad si lo prefieres.

—Disculpa, lo pensé así. De todas formas, queda una conversación pendiente para cuando tengas tiempo. Quizás alguna historia en común, amigos, un sitio, un recuerdo por separado que nos pertenece, y que podamos compartir. En fin, lo mejor para ti. Dios te cuide Princesa. Un placer, y por supuesto, otro día conversamos.

—Claro. Veo que tenemos muchos amigos en común en Miami. Carlitos Pintado; Armando de Armas; El Poeta de la Tertulia; y me da gusto que seas amigo del Poeta de los Trece Tigres en Trance, ¿por qué ese nombre tan raro?, no sabía que era poeta, pero disfruto mucho de sus versos; y más escritores, pintores, artistas; todos locos, divinos. Un largo etcétera.

—Sí, todos ellos muy buena gente. Y el Poeta de los trece…, es mi vecino y le tengo aprecio, es una buena persona…

—Y cuánto llevas aquí.

—Llegué, van a ser diez años. El tiempo que no veo a mis hijos, los tres. Por cierto, hoy los dos que quedaban allá se fueron para España. La mayor vive en Sarasota desde que tenía ocho. Y te confieso algo: soy abuelo.

—Waoooo. ¡Qué rico…!

—Sí, lo es.

—Yo todavía no soy abuela. Claro, no puedo. No tengo hijos. La vida y mi carrera lo quisieron así. Fui bailarina por mucho tiempo. Bueno, lo seré siempre a pesar de que ya no baile.

—Aunque fueras abuela, no lo creería. Estuve mirando tu *wall* y, con ese vientre, esa figura hermosa que muestras en tus fotos, imposible. Disculpa haya estado fisgoneando. Eres muy bonita Karla, y tu sonrisa es para adorarla.

—¡Ay, qué pena! ¡Ese día, el de esa foto, sentí que volaba alto, que era liiibreeeeeee! Gracias por decir que mi sonrisa es hermosa. Pero son mis ojos los que me delatan.

—Es bueno eso. Volar es una opción cuando en la tierra te ahogan, y no se precisa de alas para eso. ¿Sabes? Tuve una paloma que fue mi amiga por mucho tiempo, y me acompañaba a volar. Tus ojos son preciosos.

—¿Cómo así? ¡Una paloma! Yo tuve un gato. Claro que no hacen falta alas. La mente vuela más alto que un águila. Gracias de nuevo.

—Entonces, ¿hablo con una mujer de mentalidad pegadita al cielo? Mejor aún…

—Pero los pies bien pegados a la tierra. Bueno, a veces no tanto. Jajaja, no quiero exagerar.

—Es bueno asegurarse el regreso. Es bueno no excederse, como bien dices, aunque a los límites no se les puede temer. Yo, las veces que vuelo, busco algún peso que me traiga de vuelta. Sin embargo, si el vuelo es placentero, no me importa volver.

—Ya veo que eres escritor y te inventas cosas. Yo también he visitado tu muro. Sí, todo es mejor en esta vida cuando se le da sabor, alegría, con ganas de vivir intensamente.

—La vida precisa de sabores, de color, y de ganas para hallarse. Ya habrá tiempo para descansar. Por cierto, y cuando vuelas qué sientes…

—¡LIBERTAD, AMOR INTENSO, DESEN-FRENO…!

—¡Woao! Dichoso quien comparta tu vuelo…

—No son muchos los que se arriesgan. Por eso estoy sola…

—No creo que por mucho tiempo. Todo se reduce a que encuentres a la persona que no le tema a la altura, ni a una caída estrepitosa. Sé de hombres dispuestos a elevarse sin miedo a que no retornen, siempre que vuelen junto a la mujer que merece ese salto, y con predisposición para amar, con esa intensidad de la que hablas.

—Sí, sé que llegara y no por casualidad, sino causal. Mi fundamento es amar por esa causa.

—Casualmente hoy supe de ti, Karla. Aquí estoy, *causalmente...*

Chat 2

Por fin, Karla y yo nos vimos una semana después en la tertulia del vecino de enfrente, pero la cita no fluyó. Las complicidades, que aparentemente ganamos por Facebook, por mensajes de texto, o hablando por teléfono, al coincidir no trascendieron, al menos como yo suponía. Ella no soporta que alguien fume a su lado, y el encuentro acordado terminó por no parecerlo. Años más tarde, me revela que han sido varias la veces que siente una presencia colindante, una fuerza que establece un límite entre ambos y no la deja entregarse, que la obliga a rechazarme; una condición en mí que, desde aquella noche, le ahoga, qué sé yo, y de la que aún se caga literalmente y sin proponérselo, pues cuando estoy lejos no hace otra cosa que buscarme, y continúa padeciendo su deformada atracción por mí, si no, por qué tanto tiempo los dos juntos.

En todo caso, esa noche simulaba un tropiezo casual, no *causal*, con una vaga promesa quizás de intentarlo en otra oportunidad, sin precisar el día. Apenas conversamos, y me llamó la atención una flaquita que venía con ella, loca e intensa, poeta se decía, que terminé presentándosela al vecino de enfrente. Mi amigo, como era de esperarse, se arrebató. Sin embargo, de tanto frenesí acabó perdiéndola en escasas veinticuatro horas. Y lo entiendo, lucha enconadamente por olvidarse de Margaret, aun cuando no puede tenerla lejos, y en la primera oportunidad que logra concretar alguna historia diferente, por el único deseo de ganar a una mujer que no sea su adorada transexual y escapar así de su circundante historia de amor, se trastorna portándose más desacertado que de costumbre. Pobre tipo, por suerte su exesposa tiene buen corazón y acabó arreglándose con él cuando supo lo del desalojo.

Karla se fue a Alfaro's, a un concierto de Marcelino Valdés. Por aquel entonces, todavía no disfrutaba yo de su amistad, de su risa anchurosa, casi obscena, como nácar al centro de un rostro negro intenso, bonachón. El bueno de Marce, que me aguantó uno que otro *perro muerto* en una que otra bronca entre Karla y yo, que se alegraba al vernos juntos, y hasta canciones nos dedicaba en sus recitales. Y Karla se marchó con la loquita que desequilibró al vecino, que confieso: por un momento me dio ganas de *comérmela*. Decidí entonces no preocuparme y acabé en una *descarga* en el estudio de Delio, ese antro conveniente donde se pasa bien.

Sí, Karla me gustó sobremanera, eso no voy a negarlo, aun cuando miré un par de veces el hermoso culito de su amiga, que me rememoraba el de mi bella vecinita modelo. Y le dije a María Verónica que al principio tuve el presentimiento de que algo no se apelotonaba como debe. Pero siendo obstinado, decidido a acostarme con ella, poseerla a como diera lugar, no hice caso al instinto, que es tan importante en esta puta vida. Concluí entonces enganchado como la leyenda del pedrero y la piedra, con la que termina encariñándose, a pesar de que te aplasta los huevos, literalmente.

Para colmo, esa noche Amalia me llamó tres veces desde Nueva York y no quise contestar. Fue luego de irse Karla del Café que oí los mensajes. Amalia quiere que me reúna con ella en Nueva York, piensa establecerse allá, si la acompaño. De nuevo está arrepentida y me pide que vaya a la Gran Manzana. Dinero no me falta para el viaje, me pagaron bien el despido. Cuento con unos cuantos miles, como para tomarme unas vacaciones. Y ella, con tal que vuelva, jura que me compra el pasaje. Mi estancia en el verdadero norte de este país supuestamente corre por la chequera de mi ex. Sin embargo, no pienso viajar el fin de semana. Y aunque todavía no lo reconozco, la razón fundamental es Karla. Mañana sábado también hay fiesta en casa de la identidad Idañel, después de las ocho, y todos nos reuniremos allá. Otro sitio que se pasa bien y al que no fui esa noche.

De regreso a Mendoza, después de haber estado en el estudio de Delio bebiendo *whisky* y hablando mierda sobre política, fumando cuánta hierba sirva para echar humo, con satisfacción vi que Karla estaba conectada al chat.

2:36 a.m. Segunda conversación virtual

—No sé si fue el cigarro que fumé cerca de ti; no sé si se trata de la camisa roja que llevaba puesta, pero sospecho que la química inicial que tuvimos a nivel virtual, y por teléfono, se ha congelado.

—Sospechas acertadas. El aroma del cigarro me mata. No puedo con eso, lamentablemente. Discúlpame te sea honesta, pero es así.

—Te soy honesto. Me pareces una mujer inteligente, muy sensual, y esa mezcla en mi caso es peligrosa, pues termino loco por la mujer que la carga —no me gustan los pavos reales—, y me quedan entonces dos opciones. La primera, voy y compro otra cajetilla de cigarros y me olvido de que existes. La segunda, dejo de fumar porque de veras me gustas, y mucho. Esa es la más probable que intente, aunque prácticamente quimérica en este segundo. Pero te pregunto. ¿Basta únicamente con eso? ¿Habrá otros cambios que precisas de mí para poder acercarme a ti? En fin, si lo prefieres podemos ser amigos. No me gusta que me importunen, me marquen pautas a seguir, y menos atosigar a una mujer. En fin...

—Ok. Lo prefiero así, y te lo agradezco...

—Hecho, puedes contar conmigo como un buen amigo, si te parece.

—Gracias. Me va a encantar tomarnos un vinito juntos y conversar. Igual me gustaría ser tu amiga, sin otro interés.

—Claro, bebé. Cuenta con mi respeto. Aun cuando te mire y no pueda evitar desearte, jamás te voy a insinuar nada. Si no quieres, no pasa. Si lo deseas, podemos negociarlo. Me llamas cuando te apetezca tomarte conmigo esas copas de vino pendientes, como buenos amigos, claro está. Besos...

—Por supuesto. Sin embargo, mejor me llamas tú mañana, es decir, hoy, cuando despiertes, y ahí nos ponemos de acuerdo. Besos...

—Ok mi Reina. Descansa. Pásala bien.

La primera pasta

Miro al reloj encima de la mesa de noche, son pasadas las once de la mañana. Antes de levantarme, lo primero que hago es chequear mi celular y ver que tengo seis mensajes más, esta vez de texto, que me ha mandado Amalia. Apenas los reviso y marco el número de Karla. Es precisamente en ese segundo de un día que promete atractivo y que terminará siendo sublime, cuando comienza una relación agitada, estrujadora de mis bolas, y supongo igual que a su fresa, a la que hube de entregarme como jamás hice. Consumado mentís de la madrugada anterior, primera manifestación de desvergüenza en los dos, teniendo en cuenta que ambos estábamos conformes que lo mejor era no involucrarnos como pareja, ser únicamente buenos amigos. Por supuesto, mis deseos de ir al piso más alto del Empire State quedaron postergados por un tiempo. No es Amalia quien me acompañará al Central Park.

Karla responde muy dulce y me confiesa con fingido pudor que ha soñado conmigo. Pregunto qué, aparentemente sorprendido. Solo comenta: en su sueño no había cigarros. Percibo que debo estar alerta, se avecinan prohibiciones. Sin embargo, la pienso encima y me rinde. La invito a almorzar, pero no va a ser en ningún restaurante de Miami. Lo haremos en Mendoza y voy a cocinarle unos *penne pasta*, con ajo, romero y aceite de oliva, que se va a chupar los dedos. Le pregunto si prefiere pescado o carne como acompañante. Karla, fiel a su condición de gata, elije lo primero: salmón de preferencia, asado y con espárragos. Me promete que traerá vino tinto.

—¿Cuándo quieres que esté en tu apartamento, mi rey? —pregunta Karla con sensualidad, entre risas.

—Desde ayer, mi reina —concluyo y cuelgo.

Salto de la cama como si hubiesen sonado las trompetas del Apocalipsis. En la cocina verifico en los estantes si tengo pasta suficiente, reviso en el refrigerador por espárragos, si aún queda romero y otras breves yerbas aromáticas. Saco del congelador cuatro filetes de salmón chino que trae rotulado en la bolsa *wild salmon*, y que se traduce, más o menos, como pez orgánico. Conjetura que enuncia, el pez se le escapó río arriba al oso que lo velaba y no es *pescado plástico*, sin embargo, con los chinos nunca se sabe. Pongo los filetes en una vasija con agua al tiempo, que dejo en el fregadero, y me meto en la ducha.

En veintiocho minutos me masturbo pensando a Karla, a mitad de mi fantasía traigo a la mulata del apartamento de enfrente, sigue el *homenaje*. Luego, en medio de una y de la otra ubico a la flaca que acompañaba a Karla la noche anterior. Me lavo la cabeza y termino de ducharme, me afeito y recojo el desorden que hay en el cuarto, en la sala. Por unos segundos dudo si guardo unos aretes de Ela, que llevan casi un año dando vueltas por el apartamento, o si los tiro a la basura y le invento un cuento, si es que pregunta, si es que la vuelvo a ver. Abro un cajoncito en forma de baúl que me regaló ella, precisamente, recién me mudara a Mendoza, y allí los coloco. Los tabaquitos Chéveres los escondo en una gaveta y me lavo los dientes como si fuera a reducirlos por la fricción del cepillo, finalizo haciendo un enjuague bucal con Listerine. Destapo una cerveza Yuengling, con la que también hago enjuagues. Remato masticando papel cartucho.

Me visto casual y me vuelvo a bañar, esta vez en perfume. Estornudo un par de veces y mientras espero, pongo un CD de Enigma, con el volumen adecuado para que no moleste. Comienzo a cortar las especias, buscar sazonadores. Quince minutos más tarde tocan a la puerta. Corro al baño, me reviso el *look* en el espejo. Me huelo mi propio aliento. Todo bien, aparentemente. Me sacudo un poco el pelo, lo desordeno, me doy otro pase de perfume, lo riego por todo el apartamento, y voy a abrir. A punto de hacerlo, recuerdo la foto encima de uno de los libreros: Amalia y yo, muy amorosos, la noche que fuimos a comer a The Knife con mi amigo Armando, su mujer y sus hijos más pequeños, y Pacheco con su novia de turno. Dejo la foto en la misma gaveta donde están los Chéveres.

Karla ha venido preciosa. Una saya corta, amarilla, apretadita, que le dibuja su hermoso cuerpo de bailarina, enseñando sus piernas, parte de sus muslos; una blusa blanca de mangas largas, sin mucho escote, pero sugerente, con espacio para exhibir los bordes de sus senos pequeños y mostrar el collar de perlas que le cuelga del cuello; trae puesta unas botas de gamuza carmelitas, no muy altas, que le cubren un poco más encima de los tobillos. María Verónica me dice, cuando le cuento, que es «la imagen más *kitsch* que ha visto». A mí, en cambio, me encanta.

La observo detenidamente, por varios segundos, antes de invitarla a entrar, ella me mira sorprendida, sonriendo con esa hermosa mueca, que idéntica a la de mi vecinita modelo, me hipnotiza por lo sensual que me resulta. Tomo la bolsa con las dos botellas de vino que carga y la beso en el rostro, bien pegado a sus labios –de hecho, los rozo con los míos–. Al cerrar le digo muy suavemente, engolando la voz:

—No recuerdo haber tenido una amiga tan hermosa. Va a ser difícil para mí.

Karla sigue sonriendo como solo ella sabe y se mueve *felinamente*. La bailarina sale a flote, sus herramientas comienzan a funcionar como reloj suizo. Karla en cada gesto, por muy discreto que sea, me seduce. Me sumo al juego y en cada palabra, con la mirada, con el olor de la comida, creo que la cautivo, o al menos lo intento. El retozo es sutil para ambos, está claro. Un acuerdo tácito se hace manifiesto y ninguno de los dos pretende dar el primer paso que rompa el encanto de la seducción, y de allí a la cama. Nos hemos propuesto extender el acto, disfrutarlo, y nos mantenemos en ese juego de dobleces y coqueteo que ella maneja estupendamente. Y lo prolongamos hasta dos horas después que almorzamos, con muy buena plática, bebiendo vino, escuchando música relajante, justamente cantos gregorianos. Por ese tiempo nos comportamos como dos *buenos amigos*, ya en la Kon-tiki, desnudos y dispuestos, todo cambió. En muchos años de brega no he saboreado con inmoderado gusto tanta libido contenida, tanto juego, tanta pasión de manera inmediata. Es decir, nunca estuve tan jodido, ni tan dispuesto a convertirme en un imbécil confeso.

—¿Ves? —me dice María Verónica—. ¡Y los hay quienes aseguran que la brujería no existe!

Mendoza, por fin en letras

No se lo he comentado a nadie, pero he empezado ya, con disciplina, a borronear unas cuantas cuartillas sobre Mendoza, y Karla es responsable de que al fin me decidiera. Son varios los meses que llevamos juntos, meses que han vaporizado a mis palomas y a mi vecinita modelo, que continúa viviendo en el edificio y no la veo nunca. Una relación que se perfila como algo complicado. Diferencias que terminamos resolviendo en la Kon-tiki. El sexo entre nosotros es una parte de la ecuación que funciona como reloj suizo ¿Y el resto...? Bueno, por eso precisamente he comenzado a escribir.

Karla será un personaje, con el protagonismo que le corresponde, que definitivamente lo tiene, pero el edificio será la estrella de estas historias, en sus entrañas es que acontecen. Son diversas y he ido reuniendo personajes a medida que pasa algún suceso, y el cuaderno va tomando forma, sin tener idea por ahora cuál será exactamente; puede que termine siendo novela, o puede que no y sean relatos. En fin, no lo tengo claro aún. Y por todo esto, por mi apego al divertimento, que para mí escribir es un acto alegre, es que al ver hoy al vecino de los bajos y a Margaret, en el patio hablando *muy afectuosamente*, asustarse ambos al notar que los había descubierto desde mi ventana, he inventado una *trage-*

dia donde los involucro, que bien podría trascender efectivamente, si estos dos no se cuidan.

No es la primera vez que los descubro muy cerquita el uno del otro, por las mañanas más que cualquier otra hora, luego de que el vecino de los bajos se quedara soltero y naciera *el poeta*, y ocurre mientras mi vecino de enfrente está trabajando. Desde el día de la tormenta, percibí en medio de mi borrachera que estaban *conectaditos*, y hasta lo comenté con mi vecinita modelo. Después no le presté atención a las *casualidades* y terminé por ignorar cómo la complicidad crecía de las dos partes. Lógico, jamás le he mencionado nada a mi vecino de enfrente, y para qué, lo pondría peor. Pero es indudable, y lo sé porque el vecino de enfrente me ha convertido en su confesor: Margaret, cada vez más, lo soporta menos, y esta mañana me la he encontrado con el vecino de abajo, demasiada coqueta ella, y él, pues muy dispuesto.

Claro, va y no, y por un minuto prefiero apostar por una bonita amistad, confabulaciones de muy buena fe, y sea mi malsano vicio de pensar siempre lo peor el que me invita a desconfiar; que todo se comprime a mi entelequia calenturienta, mis ganas de inventarme un libro con los personajes de este edificio y el edificio mismo. Pero no, Margaret y el vecino de los bajos no se dejan *ayudar*, no me dan margen a que mi percepción cambie: algo se va *cocinando* y, por mucho que pretenda especular lo contrario, la evidencia aplasta a mi inocencia y no tendrá un buen sabor para mi vecino de enfrente. La comedia puede concluir como un drama shakesperiano, si él se entera.

Sin embargo, en medio de este embrión de *tarro* a quemarropa que viene fraguándose, si es que todavía no ha salido del *horno*, y que a mi juicio ya ha sucedido, no logro sustraerme a la burla, talante que siempre me reprocha Karla.

Aprovecho entonces los elementos que Mendoza me *regala* con la nueva trinidad entre vecinos; inclusive, los otros cuentos que hice antes de mudarme, que he estado a punto de desechar algunos, y todo lo mezclo para la patraña que voy ¿fantaseando?, a partir de los últimos sucesos. Hoy, ya es sabido, por su propio peso me ha dado por escribir sobre *El romance de Margaret y el Poeta de los trece tigres en trances.*

Margaret y el Poeta de los trece tigres en trance

La policía llegó a Mendoza para registrarlo todo, y en especial el apartamento del vecino de enfrente. Un detective sumamente rubio, con sus brazos tatuados y con pinta gay, nos acribilla a preguntas. Lo acompaña un policía flaco, trigueño, que habla español perfectamente, aparentando ser el policía bueno, comportándose como un tipo gracioso en medio de una noticia terrible, que dejó a los pocos que aún no lo sabían literalmente pasmados. Viene una negra gorda, también en uniforme, que sin abrir la boca nos mira de manera hostil, con su mano derecha en todo momento apretando el revólver a su cintura, entretanto el jodido detective no para de hablar en inglés, acribillándonos a preguntas. El interrogatorio ha sido de tal forma, que a punto estuve de decirle al detective, como en las películas, que iba a llamar a mi abogado, como si lo tuviera.

Por supuesto, el edificio está en *shock*, han asesinado a Margaret y al Poeta de los trece…, que se llevó consigo el secreto de tan peculiar seudónimo. Y lo más increíble, conocer la identidad del asesino. Al marcharse la policía nos quedamos en silencio, solo el dueño fotógrafo y yo conversamos separados del resto, y coincidimos que un suceso así era de esperarse. El vecino de enfrente está preso, creo será cadena perpetua, si es que le permiten vivir y antes no termina frito en la silla eléctrica, o lo inyectan. El romance con la *chica varón*, sumado a su intransigencia con el nuevo bardo, lo desajustó por completo.

Los poemas del vecino de los bajos poco a poco se multiplicaban, su obra, amén de su cuestionable calidad para otros poetas —ninguna, decían—, contaba con un numeroso grupo de admiradores. Y ya eran odas tocando los más variopintos temas, sin detenerse a pensar en cuál formato o plataforma virtual resultarían mejor, cualquiera funcionaba con tal de publicitar sus versos. El Maestro, como terminaron nombrándolo sus más fieles admiradores, entre ellos Margaret —aseguran que fue *ella-él* quien lo bautizó con ese nuevo alias, por implicar un nombre más apropiado al instante de mencionarlos como pareja—, firmaba también epopeyas en prosa poética que relataban la lucha patria, en la que jamás participó, y lo hacía por pura pose, no porque lo apreciara ciertamente. Según él, cuando estaba en un grupo de confianza, aseguraba que no era importante, mucho menos inteligente, arriesgarse por una Isla que le interesaba muy poco. Bastaba con imaginar, y ni siquiera el testimonio de otros que sí padecieron el calvario que le proporcionaron los hijos de putas, le interesaba. Escribía también, como es de suponer, sobre el amor en los más disímiles escenarios donde pudiese brotar. Y le hizo unos versos plañideros, larguísimos, su trabajo cumbre comentaba —que algunos poetas juraban, la elegía, además de pésima, era un burdo plagio—, a una inocente chica que lo amaba y en su poema se nombraba *La niña Jodiva*, hembra hermosa que una noche salió desnuda, encima de un caballo por la calle Ocho, exactamente por el área donde está El Versailles, y nadie se escondió y menos cerró sus ventanas, con tal de verle el culo a la chiquita. Un amor condenado al fracaso, apuntaba en sus versos, lamentándose de no corresponderle a la joven por él estar casado con una malvada vieja de la que no podía liberarse.

Engordaba una fanaticada de enloquecidas señoras pasadas los cincuenta, que no escatimaban elogios y, entre ellas, la más apasionada de todas: la *chico-chica*. Y por fin, el vecino de los bajos abrió un blog en Google titulado *Cuitas del Poeta de los trece tigres en trances*, nombre arcano, el gran misterio, la zozobra de Cabrera Infante en donde quiera que esté.

El Maestro, como es de presumir, terminó publicando un libro de poesía, presentándolo en la Feria Internacional del Libro de Miami, levantando una roncha enorme entre los consagrados literatos locales, un grupo de *prosistas y rapsodas preclásicos* muy conservadores, una hermandad monolítica, intolerante, una cofradía peligrosa como si se tratara de una sociedad secreta, una mafia, y en medio de aquellos pertinaces *escritores* profundamente disgustados, el vecino de enfrente.

Mi amigo, no solo consideraba muy malos los poemas de su más reciente rival, sino que se preguntaba, además, y con rabia, cómo Margaret se había fijado en un tipo muy distante de él, ya fuese en sensibilidad y fenotipo: sujeto regordete, grasiento, bajito y con una calvicie que comenzaba desde sus cejas; tosco en sus ademanes, aparatoso, muy apartado a la imagen que se admite ha de tener un poeta. Ese era el reconcomio, la frustración mayor, y podría citar media docena de adjetivos más que no se sujetaban a la poesía únicamente, antipatía que progresaba de manera soterrada desde mucho antes, desde la vez que Margaret en su fantasía le pidió que lo trajera para tener sexo con ella y con él; que vino a explotar la tarde que, regresando más temprano, por fin los descubrió y se armó un escándalo de opereta en el que tuve que intervenir. Por consecuencia, al vecino de enfrente lo consumían unos celos enfermizos, que desencadenaron en un odio irreconciliable.

Cuatro semanas después que el Maestro presentara su libro en la Feria, mi vecino de enfrente anunció una tertulia exclusiva. Algo irrepetible, con piscolabis abundante, y gratis. Una fiesta por el autor que traía a leer: un cuentero que se rumoraba años atrás estuvo implicado en una sangrienta historia, extraordinaria, y los hay quienes afirman que mi viejo amigo de enfrente había estado enredado, siendo uno de los protagonistas, donde juran que aconteció de todo, hasta un par de zapatos se transformaron en cocodrilos.

Llegó la noche del acontecimiento y resultó un suceso, no exagero. Mi vecino de enfrente presentó al literato de renombrado prestigio, que regresaba de Alaska después de muchos años en total ostracismo, apartado de todo y de todos, viviendo supuestamente en un iglú, acompañado nada más de su mujer, escribiendo relatos asombrosos en medio de mucho frío, con sus testículos, imagino, hechos dos piedras de hielo, que en Miami habrían de derretirse. También tuvo de vuelta, en esa especial noche, a la mayoría del público que antes le *pertenecía* y que lo *traicionaron* con el Poeta de los trece tigres en trance, y entre los invitados más ilustres estaba mi vecino de los bajos, que después de un par de semanas portándose ambos como verdaderos enemigos, acabaron reconciliándose aparentemente en nombre del verso. Y el Maestro, el Bardo de las Multitudes, se apareció en el suceso literario acompañado de *ella-él*, adorándolo. Margaret lucía majestuosa, y miraba con disimulado desprecio al que antes fuera su amor. La Margarita, que se enredó más como gajo que flor en la vida del vecino de los bajos, entregándose inmediatamente que su exmujer se marchara con la vecina de mi lado, aparecía en sociedad como *la mujer del poeta*, por consiguiente, *la musa*. Y cuentan los que saben, porque Margaret lo describía desvergonzadamente, mi vecino de los bajos sí le cogió el culo y le dio a Margaret su amor más puro, y sospecho que terminó usando el *dildo* que tanto pavor le provocara a mi viejo amigo. Pero asimismo le ofreció su pasión, eso vale y mucho, y fue de tal manera que el vecino de los bajos, el Bardo Popular, el Poeta de los trece tigres trances, el Maestro, el capitán Galán, como lo nombraban cínicamente los jodedores que siempre sobran, se convirtió en su verdadero hombre, su idilio perentorio.

Margaret se mostraba feliz, tomándose numerosas fotos con su amado, y las subía inmediatamente a Facebook, donde los pulgares azules llovían. Sin embargo, lo execrable, la gota que colmó el jarro de la paciencia en mi vecino de enfrente no fue que ella lo traicionara y terminara abandonándolo, algo que lo marcó fuerte. No fue tampoco el acto de que el vecino de los bajos le cogiera el culo a su examada, sin prejuicio alguno, y terminara además escribiendo un poema irreverente, soez, titulado *Las posaderas de mi flor*. No, lo espantoso para mi vecino de enfrente no se reduce a que mi vecino de los bajos presentara un cuaderno de poesía en la Feria del Libro de Miami: *Inmoderación Barroca para tigresas*, una selección de poemas escritos a Margaret, muy malos según mi vecino de enfrente, y que yo pienso no eran tan terribles; que el vecino de enfrente, si bien su verso no es semejante al de muchos poetas de Miami, lo estaba haciendo bien y el reconocimiento resultaba merecido. No, todo lo anterior, si bien podría considerarse el caldo de cultivo donde iba creciendo su odio, el punto clímax se sustentaba en la competencia: el susodicho proyecto de la tertulia, que una buena noche estrenó este *señor poeta*, que vino a materializarse gracias a unas cuantas gestiones de Margaret, las mismas que hizo para colocarlo en la Feria. Tertulia que dividió en dos al mundo cultural y literario de Miami, de manera irreconciliable casi, y que a él lo dejó prácticamente sin público. La prensa de Miami, tan entusiasta, reportaba lo siguiente: *La tertulia del Poeta de los trece tigres en trances, ubicada en la antigua sede de una organización combativa del exilio, hoy un hermoso espacio para los que festejan el arte y la literatura es la nueva propuesta para los amantes del poema apasionado y genuino; es, sin dudas, la zona franca y necesaria de actos tales. La poesía en Miami se asoma entonces en medio de un éxito rotundo y goza de buena salud gracias al Maestro, el Poeta de los trece tigres en trances, y va a sellar un antes y un después en la Capital del Sol. Todos estamos de fiesta con el rapsoda de tan enigmático nombre, pero límpido verso.*

Este es el fragmento de una reseña que el vecino de enfrente descubrió un día en *El Nuevo Herald*, escrita por un crítico local de apellido Kyejas, enemigo suyo. Y esta fue, definitivamente, la gota que se derramó, llevándolo a comprar de contrabando una ametralladora M240, con una cinta de municiones que disparaba cientos de balas por minutos, teniéndola con él en su auto todo el tiempo para usarla en el momento oportuno, y ese momento llegaba justo esa noche que invitaba a tan prestigioso escritor. Con un arma así, la masacre pudo ser horrible, y si no pasó más, fue gracias a que mi vecino de enfrente, además de flaco y desmejorado, no estaba muy ducho en el uso de fusiles de largo alcance.

Allí, en la nueva peña del Maestro, con aires de cenáculo romano, todos los últimos viernes de cada mes, Margarita adoraba a su Maestro, y el público con que contaba mi vecino de enfrente en su tertulia se fue yendo poco a poco para estar en la del vecino de lo bajos, entre otras cosas, por el surtido menú de refrigerios y vino gratis que ofrecía, con tabaco cubano para los caballeros, uno que otro porrito de Jamaica para la gente de confianza, entre ellos yo, todo sin costo alguno para sus invitados. Aquel que fuera mi vecino de los bajos, ahora era una figura relevante del verso en Miami y lo invitaban a programas de televisión, de radio, presentaciones de otros poetas, a círculos literarios de todo tipo, que como una enfermedad venérea incontrolable se reproducían por la ciudad, inspirados justamente en su *obra*. Inclusive, hubo una noche que me tropecé en su tertulia a mi vecina de al lado y a la ex, felices las dos como pareja, orgullosas de ser muy buenas amigas del Maestro, y hasta se fueron con él y Margaret a una fiesta privada, a la que lastimosamente no me invitaron. Los hay quienes juran, ese alarde inmodesto de haber triunfado y que ostentaba sin pudor mi vecino de los bajos, con la reseña del periodista Kyejas, que además de *El Nuevo Herald* se reprodujo por infinidades de blogs y páginas en la web, rebotó como el detonante para que mi viejo amigo imaginara una *vendetta* de proporciones apocalípticas, sobre todo, en nombre de la poesía, aquella por la que virtualmente había hecho las paces y a la que pretendía proteger de sujetos como el Maestro.

Cuentan aquellos que lograron escapar de la tragedia —incluyendo al cuentero famoso, que salió corriendo portando una navaja en una mano y un revólver en la otra, disparando al aire—, que Margaret, la Margarita del nuevo Maestro, mientras caía agujereada vociferaba presa del terror, con esa voz que jamás sonó femenina, el nombre de su amado bardo. Herida mortalmente, abrazaba el cuerpo de mi exvecino de los bajos, ya sin vida en el piso, repleto de huecos, y mi vecino de enfrente no paraba de acribillar a balazos a la pareja más célebre de Miami en los últimos seis meses, balazos que la mayoría rebotaban en la acera, creando un caos horrible. Y sin soltar el gatillo, lloraba mi vecino de enfrente, gritando el nombre de su amor, jurándole pasión eterna, compromiso en otras vidas, pero nombrándola por el que fue inscrita Margaret el día en que vio la luz por primera vez en medio de un campo inhóspito, en una Isla triste:

—*I will love you forever, Papuchoooo…!*

María Verónica y sus sospechas

María Verónica me asegura, en el tiempo que llevo con Karla, la bailarina ha demostrado ser un fardo de interrogantes oscuras, poco resueltas, todo un simulacro. Que se comporta conmigo como mayoral de molienda, el mayoral Carlitos, le dice. María Verónica me atiborra con sermones sobre qué debo y qué no puedo, con una solemnidad que me molesta, y pronostica que las ganas de Karla por volar conmigo van concluyendo, que realmente jamás las tuvo, y acabaré en el pavimento, solo y desde una considerable altura. María Verónica me afirma que Karla, a su edad, no está sola por gusto y, mucho menos, acostumbrada a lidiar con un tipo que cuenta con poco sentido común, es apasionado, demandante, sin paciencia, en ocasiones con mal carácter, y aunque simule ser un sujeto *open*, no lo soy, pues mi machismo es evidente, que tampoco soy un *estuchito*.

María Verónica jura que Karla es una mujer de opinión, que sus sentencias se reducen según sea el caso, y las acomoda favorablemente a ella para compartirlas con sus amistades luego, con el mundo, practicando su desfachatez sin moderación, distorsionada, y humillándome; que la bailarina me va reprobando constantemente con el pretexto de hacerme un bien, *o varios bien*, y liquida lastimándome. María Verónica no la soporta, y no sabe —o ignora porque le da su puta gana— que Karla, hembra madura, me lleva a un estrato privativo con solo un vistazo, con su hermosa mueca, su conspicua sonrisa, y de cúbito supino al primer llamado con sus piernas abiertas, arqueadas, elevándose encima de la cama en punta de pies cuando la cruzo con mi lengua, la barreno, y pega su espalda a un viejo colchón *memory foam* arriba de mi balsa tálamo, agarrándome los pelos de la cabeza, a tal punto, que de seguir con mi pasión por el *cunnilingus* cualquier noche me descubro calvo.

Sin embargo, María Verónica porfía que Karla, cuando no reconoce mi lengua al amparo de sus entrepiernas, arremete contra mí porque así no hablo y jodo menos, es decir, jodo como debo. Que me restregó en la cara: «tú no eres el hombre que quiero en mi vida, por violento, por tanta discusión». Que aligerándose peso me deja hecho mierda cada vez que decide separarse de mí. Que todo es poco para ella cuando trata de minimizarme. Sin embargo, una vez supo —o supuso, no lo sé todavía hoy con certeza— que yo estaba dispuesto a renunciar a ella por tanta obstinación de su parte, que contaba con una sustituta de cara preciosa que conocí, al igual que a ella, por Facebook, y demandó enérgicamente —repleta de miedos, afirma María Verónica, laudo que no comparto— que no lo hiciese. Ese fue mi error —me restriega María Verónica en la cara—: dimitir y no complacerme con otro cuerpecito más al oeste, de carne un tiempo más moderno, apuntemos que más firme, que se escapa al confesar mi debilidad por Karla.

María Verónica, con vergüenza ajena ante tanta comedura de mierda, me reprocha tanto que ya me encojona. Yo, su viejo amigo de la adolescencia, «enamorado de la luna como un toro», con una edad que no clasifica para una competencia repleta de bríos, peleando fuera de peso, con un sentimiento nada aconsejable. Y a pesar de que lo niego, con una sonrisa cargadita de insolencia –como lo hace en su momento la paloma–, concluyo por reconocerlo. María Verónica piensa que estoy aferrado al enfermizo deseo de continuar con Karla, únicamente para que mi rostro se mantenga de manera perpetua en el «entre paréntesis» que se me figuran sus muslos cuando los aprieta contra mi cara, así no hable yo en años.

Y yo, defiendo a Karla. Por alegato uso la simpleza: jamás estuvo obligada a nada, ni siquiera a enamorarse.

—¡Y no lo está! —reafirma María Verónica gritándome.

Y yo le respondo muy sosegado, que es cierto.

Para María Verónica, soy un tipo que se para en las afueras de un hospital psiquiátrico a la espera de una loca, por supuesto ha de ser una flaca, y no sabe cómo me las arreglo, pero siempre escojo a la más loca, y al parecer lo disfruto. Y como si se tratase de la imagen de uno de mis versos favoritos, y por corazón en medio de mi pecho cargo el rabo del lagarto, mi fogosidad se renueva como la auténtica cola de esos pequeños dinosaurios, nada más tenerla cerca. Sin embargo, esta vez no tiene idea mi buena amiga de cuánto punza el aguijón, que ahora en vez de lagarto, es escorpión.

Claro, me insulto, me detesto, porque la pasión ha llegado a destiempo, en absoluta desventaja, y no supe *manejarla*. Me cago entonces en la progenitora de Eros, de Cupido, de Buesa y su poema del renunciamiento, en los versos de Carlitos Pintado, que tanto le gustan. Y cuando pienso en ella, no acierto a encontrar la forma de pensar mi novela, que no es novela, sino cuentos que dejan de serlo, y me disperso. Que no tengo la más puta idea qué he comenzado a escribir, y eso ya lo he dicho.

¿Lindo día de noche?

Te despiertas temprano, pormenor de una rutina que finalmente regresa, propensión cotidiana durante cinco días. Un *trance* de sobrevivencia imperativa, dada la condición de obrero. En fin, hay cuentas por pagar, responsabilidades por las que has de ir. Y es que, después de un tiempo como desempleado, volver al ruedo laboral definitivamente jode. Súmale a esto que, sin tener claro el motivo, estrenas la mañana discutiendo con Karla, un *performance* que odias, las represalias de su parte son inmoderadas, algo que implica un enorme entrenamiento de paciencia. Se marcha antes que tú y lo hace sin el beso matutino, y te irrita —a esta altura de la mañana, *encojona* suena más adecuado—. Por cierto, al cerrar la puerta subraya que está «bien bravita» porque lo hace ¡tan silenciosamente! —todo lo contario a quien se siente molesto, que por consecuencia da un fuerte portazo—, y apenas te enteras de que se ha ido. Desde luego, en ese gesto se libera la frialdad, la distancia con indiscutibles toques de descrédito, que alcanza a durar días. Todo, según ella, por tu culpa, que podría ser cierto: te portas como un imbécil visceral que espera de su dama un proceder medianamente estándar; que te entienda cuando le dices que eres diferente a ella y eso no es malo, por el contrario, que quieres además de su amor, su atención, su tolerancia.

Después de pensar un rato sobre Karla, concluyendo con deseos de no recordarla jamás, no haberla conocido, para terminar dispuesto a comenzar con ella todo, si la vida te diese la oportunidad de *rewind the tape*, te levantas de la cama con la pereza que abona el intento de no ir a trabajar. Finalmente, te recuperas de la deliciosa modorra y verificas si se llevó la llave. Sí, lo ha hecho. Va a regresar, alguna vez.

Te das una ducha, pero no consigues relajarte del todo, siempre queda el temor de que no venga, no llame, no pretenda verte, y eso jode sobremanera. Al final, es una debilidad evidente de pendejos, que nunca sentiste por mujer cualquiera, y se traduce en una inseguridad enfermiza. Contrario a tus aspiraciones, estás obligado a vestir ese uniforme que detestas y de una buena vez te largas, pavorosa obligación de la que dieras cualquier cosa por prescindir de su uso, su abuso, y de la que no hay remedio para evitarla.

Llegas al trabajo con mal genio, aún no te repones de la bendita discusión, por más que te esfuerzas en deducir cómo y por qué, y rematas que no cuentas con la certeza de *cómo y por qué* comenzó. Tropiezas con varios tipos con los que no deseas cruzar palabra, tipos que te caen mal, y ellos, por molestarte tal vez, se hacen notar y saludan de manera muy amable, muy hipócritamente. Apenas mueves el párpado de tu ojo derecho simulando un guiño. Participas de una faena que odias.

Por fin, la noche, el reloj marca el momento de irte. Vuelves a recordar la riña mañanera, incoherente, pan de matrimonios, como si lo fuese. Comparten, en todo caso, el apartamento de Mendoza de forma intermitentemente, cuando a ella le parece. A esta altura del día, por más que repases los hechos, aún no sabes por qué se desató la susodicha pelotera. ¿Tal vez roncas demasiado? Eso la irrita, y lo está definitivamente, no te ha llamado.

Compras una botella de *whisky*, regresas al auto, arrancas y olvidas encender las luces. A escasos quince metros de salir del estacionamiento del *liquor*, un carro de policía comienza a perseguirte. Te defiendes, te acuerdas del *rookie* que una vez te multó. Le mencionas al agente la horrible jornada que tuviste, a punto estás de contarle, incluso, la duda que te corroe: ¿estará esperándote, o no? Al final, el policía es buena gente y te da una palmada en el hombro metiendo su mano por la ventanilla del Chrysler, y no te pone el *ticket*. Asumes que la vida, aunque a veces es una mierda, tiene buenos policías.

Por fin llegas a Mendoza con la secreta aspiración de que Karla haya regresado y que, sobre todo, esté durmiendo profundamente gracias a un Xanax. Sin embargo, no tienes mucha esperanza de que haya vuelto. Por las dudas, metes con cuidado la llave en la puerta.

—No pases, quédate dónde estás. Quítate todo...

Obedeces y te despojas del maldito uniforme, de esa fárfara que detestas, y destapas la botella de *whisky*. Desnudo en el sofá, rascándote los huevos más por hábito que por escozor, la ves salir del cuarto con un conjunto Victoria Secret espectacular. Es este el preciso segundo cuando reafirmas: la vida es bella y algunos policías también son unos hijos de puta. Es el hermoso balance que carga vivir, mucho más cuando se tiene a una mujer loca que, para tu desgracia y tu suerte, te gusta demasiado, mucho más que comer pollo asado con las manos; que la amas y eso termina por aniquilarte; sellar que estás más loco de lo que figuras. Le das un beso en la frente, otro en el rostro, luego en sus labios, y confirmas que recién, al amparo de la noche, comienza tu hermoso día.

Indicus

Aquel domingo resultó diferente, a pesar de que el día comenzó como tantos otros domingos, cuando conseguíamos estar juntos sin que hubiese reproches y peleas. Las tardes de esos domingos, luego de almorzar en algún restaurante, si no había alguna reunión con amigos, eran principalmente de películas y vino. Yo descorchaba la botella, rebanaba unos cuantos pedazos de queso manchego, y ella se desvestía sin prestarle atención a mi rutina. Ya carente de ropa se metía en la cama con su copa repleta, un platico en la mesita de noche con varios dados de queso, y quedaba lista para ver el filme de turno, siempre de los mejores que ofreciera la *caja roja*.

Entretanto yo ponía el disco, Karla tendida en la cama se estiraba, dice que para darle el lugar merecido a sus huesos que los años de bailarina le estaban cobrando, y concluía su corta gimnasia tomando un sorbo de merlot, su favorito, y comiéndose un dado de queso. Yo, desnudo igual, me acostaba con mi copa llena y luego de varios minutos rodando el filme, empezaba a acariciarle sus senos, una que otra vez los muslos, mientras bebía y picaba —mis ojos siempre clavados en el televisor—, y así nos tomábamos, además del vino, un lapso prudencial de conexión con la historia que veíamos y con nuestros cuerpos, hasta masturbarla muy suave, sin quitar mi vista de la pantalla; claro está, ella siempre empapada.

Cuando ya mis deseos no me cabían dentro, le ponía pausa al reproductor de vídeo y la besaba toda, finiquitando mi lengua entre sus muslos. Era deliciosa aquella manera de amarnos. Saldado el deseo de ambos continuaba la película, el resto de vino y más pedazos de queso.

Pero ese domingo, en apariencia similar a otros, se tornó incomparable. Karla, tomando la iniciativa, se propuso hacerme gozar como nunca. Confieso que, si bien disfrutaba más hacérselo a ella, en esa oportunidad su lengua y su boca se lucieron. Hubo momentos que yo protestaba mansamente y le proponía el número mágico. Karla se negaba con una obstinación no muy común, y por intervalos me susurraba que la embarrase toda, cuando por fin no aguantara más. Y lo hizo de manera extraordinaria, a tal punto, que bien puede abrir una academia para enseñar a muchachas neófitas, que las hay sin gracia, no tienen la pericia apropiada, y terminan rasguñando a uno, incluso hasta mordiendo, y nada aporta una disculpa después que te magullen. Ella era una suerte de alma elevada en la cama, poseída en ese instante, cuando únicamente me desequilibraba para bien, y lo sabía.

Aquella tarde de domingo está marcada como la mejor que tendremos. Karla relamía con destreza, como diosa, si es que las diosas practican la felación con el estilo de Karla. En fin, no sé cómo reseñar este momento sin que parezca reiterativo, exagerado, y suene a la voz de un sujeto patéticamente enamorado. Por lo demás, minutos así se viven y no vale la pena describirlos, y por mucha referencia que se ofrezca y pasión que se le ponga, se queda uno muy por debajo. Y lo peor, a la persona que le cuentas, no calcula con exactitud el disfrute, y concluye mirándote como si fueras un imbécil que sobredimensiona una simple mamada.

Karla, ya dije, lo hacía con esa naturaleza felina que le pone a todo, a su lengua, en este caso para bien –no como cuando la usa para envenenarme el día–. Yo no atinaba a nada, como no fuera gemir suave, profundo, dando resoplidos de goce, y eso la excita, murmurándole las fantasías más calientes que se me ocurrían. Hubo un par de veces más que insistí –reconozco, sin mucha convicción de mi parte, no pretendía renunciar al placer que me daba– para que me dejara tenerla como lo saborea realmente, y se negó por segunda vez, haciendo una pequeña pausa, susurrado, asegurándome que esta vez sería su boca la que me iba a llevar al cielo.

Miraba a Karla a intervalos cómo se daba gusto y me lo proporcionaba. Repaso ahora cada gesto, cada movimiento de su cabeza. A punto de repletarle la boca, empaparle sus senos, los que gusta de manosear cuando se embarra, cerré mis ojos por enésima ocasión hasta que no aguanté más. No imaginé de ningún modo lo sucedido, inmediatamente de alcanzar el espasmo más placentero de los muchos que ha sabido darme Karla en una cama. Al abrir mis ojos, con una expresión de felicidad como pocas he tenido retratada en mi semblante, y lo sé sin que me haya visto en un espejo, con un rictus mezcla mayúscula de complacencia y una cara de comemierda depravado, de las peores, descubrí lo inaudito, la sorpresa que rayaba en el sobresalto. Mi semen, «mi lechita», como suele llamarla ella, que le chorreaba por sus senos y la comisura de sus labios, era de color azul con una viscosidad muy diferente a la normal, encerrando cierto brillo metálico.

Viridis

Nos prestaron una *porno* y compré una botella de tequila reposado, otro pedazo de queso, esta vez parmesano, además de unas galleticas con picante y guacamole. El resto sucedió como de costumbre, nos desnudamos para ver la película y apenas si pasamos los primeros quince minutos. Empecé a besar sus pequeños senos con delicadeza, como realmente lo disfruta, mientras ella aparentaba prestar atención a la película. Con suavidad le abrí sus piernas y le ofrecí mi lengua donde más se desajusta. Por supuesto, Karla tenía sus reservas y puso reparos, por suerte nada radicales. Temía se repitiera el asunto de los colores, aunque le apetecía, pero se comportó más bien como asustada. La convencí de que todo saldría bien y esta vez sin poner pausa al vídeo comenzamos a amarnos. Sin embargo, la curiosidad resultó más intensa que sus deseos –dicen que mató al gato– y me pidió que le permitiera masturbarme. Deseaba ver mi semen, me dijo. Yo no puse objeción y consentí su extravagancia.

Karla se estremeció, como es lógico, y observaba mi esperma, lo tocaba incluso, lo saboreaba como quien pretende únicamente con su lengua revelar la naturaleza del evento. Karla, más sedada, investigaba la causa y todo apuntaba a que gozaba con gusto la consecuencia. Pero esa causa no estaba clara todavía, nunca lo estará para ella, y no imaginaba siquiera las razones. Por mi parte, temía, no hay dudas de eso, pero a la vez intuyendo la fuente. En esta ocasión vino de otra tonalidad que, por lo visto, no se repetiría hasta la última vez. Al ver el nuevo color, tan brillante y metálico como lo fue el azul, Karla comenzó a reírse. Afirmaba que era un buen augurio. Por fin tocaba con fuerza para nosotros la esperanza, señal de que las cosas saldrían bien. Y cerrando sus ojos, empezó a restregarse su barriga y sus senos con mi semen verde iridiscente.

Violaceus

La causa estaba clara, solo Karla suponía que se trataba de un hecho aislado, sin duda notable, pero sin referencia. Durante la semana me hice un rigoroso chequeo con el Dr. Valentín Estrada, el famoso Dr. Muerte, personaje en las novelas de Armando de Armas. Todo dio normal, gracias a Dios, incluso, hasta un espermograma que ofreció por resultado un conteo que no esperaban por mi edad, y que definitivamente me alejaba de las muchachas jóvenes, fértiles, por muy apetecibles que estuvieran.

El Dr. Muerte me simplificó el hecho:

—Es consecuencia de un estado emocional intenso. Fisiológicamente nada apunta a que tengas un problema para que el color de tu semen cambie. Sin embargo, mientras suceda, puede que sean los más variopintos, dependiendo de tu ánimo, la vehemencia con que le vayas encima a tu hembra. Hablo de un estado anímico aprensivo, que no creo esté asociado a algo que hayas desayunado, almorzado o comido, y no tengo dudas que todo se deba a ella. —Y Estrada, riéndose, agrega—: Aunque yo no creo en el amor. No soy un romántico empedernido como tú, Bruno. No soy escritor, gracias a Dios, menos poeta, y, mucho menos, como la mierda de enamorarme. A pesar de que reconozco, cuando una mujer en especial nos gusta, los pies se nos aflojan y la vida troca hasta de colores. Esas, Bruno, hay que evitarlas, correr en otra dirección y olvidarse que existen.

Con extravagante arrogancia, muy de su naturaleza, Karla no confiaba en el criterio de mi viejo amigo médico, pero aceptó, después de cierta reticencia, que la razón del cambio se debía a una fuerte emotividad manifiesta, que algo me hechizaba de tal forma, que por ley de causa y efecto venía la coloración. Sin descartar del todo la idea de que la alimentación podía influenciar.

Yo la miraba a diario con ganas de abrazarla, besarla toda, decirle cuánto la amaba. Sin embargo, Karla, por cualquier motivo, se alejaba dándome la espalda, dejándome con todas mis ganas amontonadas dentro del pecho, y eran tantas esas ganas que como la historia del bolero se aglomeraban y habrían de salir por alguna parte. Por supuesto, como se trata del amor, qué mejor sitio para el *escape* que el *instrumento* por donde se reafirma.

Ahora bien, había momentos en los que Karla insistía con el asunto de la alimentación, y con esa soberbia suya reclamaba teniendo en cuenta que el «domingo verde» yo había comido una enorme cantidad de guacamole con galleticas. Suponía, también, y en ese punto estaba de acuerdo con Estrada, que el matiz sería irrepetible, y ella lo lamentaba, pues el sabor del verde, su pátina, encarnaba su color favorito y lo habría querido de nuevo encima. No sospechaba Karla que el asunto de mis colores obedecía a un patrón que vendría a mostrarse tal y cómo es, pero al final. Sería cosa de varios domingos más para de una vez bautizar el fenómeno. Lo mejor de todo, Karla me jura que le sobra paciencia, que está disfrutando el acto, y mi pasión.

Hot and lovley sweet girl

Después del «domingo verde», la siguiente sorpresa fue advertir cómo Karla se transformaba en una mujer tierna y no paraba de insinuarse, sentándose con sus piernas abiertas, mostrando sus muslos, puteando descaradamente. Y si bien no dejaba de coquetear conmigo, me frenaba al más mínimo intento por tenerla antes de que llegara el domingo. Su entusiasmo –que yo aseguro jamás fue amor, y María Verónica piensa que es todo lo contrario, pero retorcido– llegó a intranquilizarme. Y su devoción, si bien la disfruté, también desconfiaba. Contaba nada más con la certeza de que su juego duraría según los eventos. Todo estaba ligado a los colores de mi semen.

Llegó el siguiente domingo y vino violeta. Como las anteriores veces, fue encima de sus senos y Karla reía, se restregaba hasta alcanzar su vientre, sus muslos, no sin recordar el verde y lamentar que no se lo daría otra vez. El domingo sucesivo no estábamos de ánimos para ver películas, pretendíamos algo más elevado y conseguimos un buen vino, desde luego un pedazo grande de queso, esta vez no recuerdo de cuál tipo, y pedacitos de salmón asado con aceitunas, además de varias yerbas para una ensalada, que tampoco recuerdo el nombre.

Karla puso el disco de Enigma, que oíamos desde la primera vez que vino a Mendoza, hacía ya dos años, y comenzó a bailar quitándose la ropa muy despacio, mirándome y riendo, pero con gentileza en sus ojos, ¿amor quizás? Esta vez no se trataba de seducirme por sus ganas de satisfacerse a nivel de cuerpo y hormonas, ahora involucraba el espíritu. Y me pidió que para conseguir el nirvana deseado leyera un poema de Whitman.

Mientras le sobaba un seno con una mano y con la otra aguantaba el libro, leía entrecortado... *¡Oh capitán, mi capitán! Terminó nuestro espantoso viaje, el navío ha salvado todos los escollos, hemos ganado el codiciado premio, ya llegamos a puerto, ya oigo las campanas...* y Karla movía lentamente su cintura arriba de mí, los dos encima de una sábana azul que ella puso sobre el sofá. Y a punto de conseguir un orgasmo, Karla se incorporó para ejercer con oficio el divino acto de la felación, y yo perdí el habla en la mamada y lancé lejos el libro *del viejo bueno en su cayado*. Por fin su pecho y vientre tomaron una coloración oro subido con cobre, muy similar al naranja y, al instante de restregarse, Karla miró sus manos, sonrió como si pensara en algo que jamás llegaría yo a saber, y muy sosegada terminó besándome en los labios como jamás lo hizo.

The especial rainbow

En una segunda visita, el Dr. Estrada me aseveró de nuevo que no había problema alguno, y me pidió sonriendo que no lo «jodiera más con lo de la leche coloreada».

—Se trata de un estado temporal —terminó diciéndome con sorna, más profesional, pero con cara de ¡mira que eres comemierda, Bruno!—, y únicamente es consecuencia de tu estado emocional. Deja a esa mujer, ese es mi consejo. El nerviosismo —me dijo ya mucho más serio—, no tiene fundamento.

Para Estrada, nada apunta a un escenario complicado, un padecimiento, solo porque en apariencia se trata de una condición figuradamente crónica, de la que no sabes cómo lidiar con ella, martirios que te hacen temblar las carnes y los nervios, porque presupones perenne, aun cuando intuyes que la cura está cerca y, en este caso, te sabes saludable. Tu cuerpo se comporta distinto, es todo, y padeces por esa mujer como nunca sentiste por otras. Y ese era mi mayor temor, que nada tenía que ver con problemas de índole funcional, o un desajuste orgánico. A intervalos le estaba entregando a Karla, a través de mi semen, un símbolo de diversidad, de alianza, que, de consolidarse alguna vez, no contaba con la certeza de si ella alcanzaría a entender la magnitud de esa entrega. En mi cesión no había un orden, una escala, un patrón que lo concibiera elemental para deducir. Era mi cuerpo y no yo el que le hablaba de amor a Karla, cuando lo hacíamos. Sospechaba entonces que al segundo de que mi semen no fuese más colorido, la relación se iba a complicar de nuevo, a joder, que es la palabra por excelencia que define la realidad preponderante de *my love story*. Esa era efectivamente mi mayor aprensión, y Estrada no lo comprendía. Por supuesto, jamás se lo iba a confesar, demasiado enternecedor de mi parte. No, mejor sería indicar: patético.

No existen noticias en la literatura médica, ni en la de ficción, al menos hasta donde yo sé, de un tipo que eyaculara semen de varios colores, y lo más terrible, solo por amor. Además, con mi nuevo estado había conseguido que Karla se transformara, y de tal forma, que por momentos se me antojaba irreconocible. Este asunto para mí era como uno de seguridad nacional.

Los domingos nos pertenecían, y desde el sábado por la noche planificaba ella el día siguiente. Incluso, se excedía en gastos, irresponsabilidad que jamás habría de reconocer y que comenzaba a preocuparme: mi economía retornaba a su habitual *paradigma Viernes 13*, y recién había empezado a trabajar como *security* en un almacén de Hialeah, luego de comprar una licencia falsa a un tipo que conocí en un bar del *Northwest*, del únicamente supe su nombre: Amadís, y me pagaban una mierda por mi nuevo oficio.

Traía Karla el mejor de los vinos, las más increíbles exquisiteces. Descubrimos que la poesía y la música eran un ambiente superior, más propenso, más sensible sin duda alguna, y nos disociaba menos. Pasó, además de Whitman, Vallejo, Borges, Cavafis y hasta Rabindranath Tagore, solo una vez se me ocurrió leer *El mulo en el abismo*, de Lezama, y Karla me quitó el libro y riéndose me afirmaba que no, que con el mulo del «Gordo de Trocadero» no iba a suceder nada sublime. El cine quedaba cada vez más fuera de la ecuación, que, si bien disfrutábamos, trascendía de manera chica para lo que se avecinaba domingo tras domingo con el verso y la música: Sinatra, Elvis, The Platters, Ella Fitzgerald, uno de Marcelino Valdés por la complicidad que nos guardaba... En fin, ese es el resumen de un contexto en que nos gozábamos a nombre de la tonalidad que germinaba, que *soltaba* como bandera por mi amor a ella. ¡Y desde mi pinga! ¡Dios del Verbo y Virgen de la Palabra, qué cosas digo!

Y llegó el domingo en que aconteció el acto más hermoso del que he participado con una mujer, el más increíble y jamás renovable, que marcó el inicio de la rotura total. Al eyacular, esta vez, los matices del arcoíris aparecieron. No miento, fue una explosión de tonos, juntos, divisibles en su esencia, cada uno guardando su identidad, su brillo, y a la vez como una mezcla, tal vez trenza, serpenteados, trascendiendo y salpicando a Karla. Y lloró emocionada, y se cubrió toda con mi semen, y me abrazó luego, embarrándome, y no me dio mucha gracia sentirme pegajoso. Había llegado finalmente el arcoíris. ¿Y después?

Karla no paraba de restregarse. El color verde era el que más disfrutaba, saboreándolo incluso. Karla, luego de empaparse y empaparme, me dijo impresionada que para ella esta era la señal de que yo le ofrecía un amor perpetuo, fuerte, que íbamos a compartir para siempre. Yo, conmovido como «el árbol», con su nombre en «mi tronco», le respondí que sí y la besé fuerte, la abracé con ganas, y la amé muchísimo en ese segundo. Inmediatamente, Karla me pidió que me levantara y fuera al baño, me diera una ducha, quitara la sábana para lavarla, que no arrastrara los pies, porque además de feo, odiaba el ruido que hacía con las chancletas.

El domingo sucesivo, mi semen fue normal y eso la entristeció. Al siguiente, me llamó para «comunicarme» –así dijo: «amor, te estoy comunicando»–, que había quedado con Rubén, Leo y Frank, para encontrarse en Cauley Square, comprar unos collares de semillas de fruta bomba, muy buenos para la energía cinética emocional (¿...?), y no me dijo más. Nos veríamos por la noche, un momento, en Mendoza. El lunes habría de levantarse temprano para trabajar con los refugiados, pobres infelices que tanto precisaban de su ayuda. Colgué sin irritarme. Me sonreí y miré la hora. Por suerte era temprano, me daba tiempo a tomar una ducha, almorzar algo en alguna parte, tal vez una sopa de ternilla, y después irme con mi *laptop* a la Ermita de la Caridad, sentarme al amparo de Oshún y al pie de Yemayá, y continuar escribiendo. En ese instante, extrañé a Amalia, a Ela, a Carmen, a mi vecina loca pared con pared, a la exmujer del vecino de los bajos, a mi bella vecinita flaquita. Me di cuenta de que, increíblemente, hacía mucho tiempo que no me tropezaba a ninguna, ni siquiera a mi vecinita, mi flaquita modelo, que supuestamente continuaba viviendo debajo de mi apartamento; que ya no acudían chiquitas hermosas al edificio para retratarse con el loco del dueño, que a cada jornada se deterioraba más aquel espectro de residencia donde vivía, todo el inmueble. Extrañaba también a mi viejo amigo, el vecino de enfrente, que finalmente se arregló con su exmujer y ya no echaba de menos a Margaret, que se despidió conmovida de mí cuando se fue a vivir a Pensacola con el vecino de los bajos, ahora el Poeta de las Multitudes, recordando con agrado cuánto se rieron el día que leí para ellos la historia del asesinato del Maestro y Margaret, *La Margarita*. Ya Mendoza no era el emporio de antes, como no lo era mi vida por esos días. El dueño fotógrafo estaba ausente, esquivo. ¿Seré yo quién se ha alejado de todos por estar cerca de Karla? ¿Qué tiempo hacía que no conversaba con María Verónica?

Antes de meterme en el baño recordé una película *porno* y la puse. Mientras miro como dos bellas jovencitas se deleitan una con la otra con arrebato, ni siquiera alcancé una erección. Me di una ducha, al salir llamé a Karla y me respondió su contestadora. No me molesté en dejarle mensaje. Al colgar, sentí que tocaban a la puerta. Recordé que Karla andaba sin la llave que, sin bronca alguna, el último domingo que estuvimos y mi semen fue de coloración normal, la dejó encima de la mesa del centro de la sala, sin yo notarlo; y sonriendo, con la esperanza de que fuese ella, que a lo mejor decidió verme antes de irse con Rubén, Leo y Frank, que había quizás cambiado de idea y prefería que fuera con ellos, desnudo como estaba abrí la puerta. Para mi sorpresa, enfrente de mí tenía a un señor mayor, muy serio, con cierta bondad en su mirada, de unos sesenta y tantos años, negro como el azabache, que muy amablemente, ignorando el detalle de que yo estaba completamente desprovisto de algodón o poliéster, me entregó una citación donde me anunciaban que el dueño del edificio, el querido fotógrafo, había puesto una orden de desalojo en contra mía, aludiendo que no le pagaba la renta hacía dos meses.

Breve historia para un desahucio

Conseguir empleo resultó un empeño difícil y tuve que sortear innumerables inconvenientes, entre ellos el de la renta. Sin embargo, no eran dos meses los que debía. Habíamos quedado el dueño y yo en el último pago que el mes próximo lo viviría con el depósito, y él estuvo de acuerdo. No existía tal retardo, pero probarlo en la corte me generaría más gastos y no me daba la gana de desperdiciar mi tiempo en lides legales con jueces que te miran como si fueras culpable. Terminé por llamar al tipo y negociar el modo de que pudiese vivir al menos quince días más, hasta los primeros del mes abril, el mes cruel que cierra un ciclo y abre otro. El dueño aceptó y me dijo, por primera vez, la verdadera razón del desalojo: consiguió vender el edificio a un venezolano amigo de mi exvecina pared con pared, que pretendía remodelarlo, rentar más caro y, por supuesto, a inquilinos muy distantes de los que habitaban en Mendoza.

Al principio pensé que sería un buen momento para que Karla y yo nos mudáramos juntos. Luego de tanto manteniendo una relación complicada, pero de alguna manera siempre inmediatos, definitivamente llegaba por su propio peso que nos fuésemos a compartir espacio y vidas. Sin embargo, no contaba con el dinero suficiente para hacerlo, y luego del *arcoíris* ya no fuimos los que éramos: los problemas, cada día más complicados, más seguidos, deterioraban

la relación, al punto que hablar de las cosas más simples podía generar un conflicto de magnitudes espeluznantes. Ya ni
era cuestión de tiempo y continuábamos viéndonos por mi
insistencia, por mi cabrona e insana dependencia de su
cuerpo, por un amor que ya me molestaba, y al que contra-
dictoriamente no quería renunciar, siendo evidente que no
quedaba otra opción que separarnos.

María Verónica, en cambio, piensa que ha sido por ella
que continuamos en esta «correspondencia disfuncional», y
me lo restriega cada vez que puede. Me jura, incluso, que
Karla me ama, aunque se propone a diario no reconocerlo.
Yo no doy por cierto su afirmación, y ella insiste. Sin embargo, al menos consta un saldo favorable, y ha sido el libro
que he escrito.

Desde los primeros meses que llevaba viviendo en 324
Mendoza aprendí a querer el jardín trasero, a pesar de ser un
espacio baldío, sobre todo en abril, y miraba al apartamento
con afecto, como el fortín necesario que suponía algún día
iba a dejar atrás. Apartamento que le he de agradecer sensi-
bles soplos de tiempo, no tan compasivos, que sumaron vida, de los que no me remuerdo jamás, y que parió más de
doscientas cuartillas.

Recuerdo que, en el ínterin, posterior a establecerme, en
un inicio tanteaba reconciliarme poco a poco con la palabra,
escribirla luego, y me invento como el protagonista que no
fui. Claro, quedaban asuntos pendientes por esa época: la
paloma era uno de ellos, que por un período corto insisto en
recuperarla en la voz de Amalia. Pero no, la señal muy apar-
tada a la forma de un pájaro se presenta por boca de una
mujer desemejante. Su llegada, envuelta en una hermosa
sonrisa, un delicioso cuerpo, al arrimo de una página social
en la Red, me provoca, me seduce, en medio de una esta-

ción de libertad que duraba lo bastante como para sentirme contento. Casi cinco años más tarde he caído dentro de un cerco que viene a ser una madeja envolvente, movediza. María Verónica me asegura que permanezco en ese limbo peligroso por mi voluntad, y la de nadie más, aunque a la par teme que yo esté *subordinado* a embrujos, hechizos, amarres de los peores.

—Karla solo pretende chuparte tus energías —me señala María Verónica cada vez que tiene la oportunidad, con evidente disgusto—, y que le saques uno que otro orgasmo.

María Verónica me preguntaba ayer, con aire de pedagoga, de qué trata la novela, y si lo es definitivamente, pues a veces la confundo contándole historias muy dispares unas de las otras. Me confiesa, algo que me sorprende, que está entusiasmada por leerla. Le respondo que todavía falta, que no estoy convencido qué puede ser exactamente. Por el momento, es un mamotreto que procura narrar el tiempo que estuve en este lugar, que hoy, a pocos días de marcharme, se me antoja increíble, envolvente, donde sin saberlo fui feliz. Es, a secas, un bodrio, un tanto alucinante a intervalos, que relata las congojas de un sujeto desarraigado, en ocasiones cínico, choteador la mayoría de las veces, con repetidos episodios de imbecilidad. Un tipo que, luego de separarse de una mujer que todo el mundo le aconsejaba se mantuviera cerca, se muda a un edificio rancio con un dueño que le importa un carajo su destartalada propiedad, te lo restriega, y finalmente consigue venderla. Un lugar habitado por locos, marginales, alimañas, incluso fantasmas, donde el protagonista termina contando un mendrugo de su vida y las historias que acontecen a su alrededor.

Que no son sensitivas memorias, relatos buenos para cantos legendarios. Es simplemente un sujeto que se propone estar alerta para no colisionar de nuevo con la piedra y se retira justamente a una cantera, por consecuencia porfía el choque con grosera indecencia. En fin, un protagonista muy remoto de lo memorable, comportamiento que una gran mayoría presupone ha de manifestar el personaje de una novela, o el de un libro de cuentos, que va y no le gusta a nadie. Una fábula ordinaria que he disfrutado escribiendo todo este tiempo, sin aspavientos ni pasajes épicos y, mucho menos, contestataria solo porque algunos esperan que sea esa mi contingencia para narrar, no otra.

¡Atención, pasajeros obstinados!

Resolvimos cubrirnos de letras durante tres meses y renunciar a la palabra *dicha*. Resultó que fue esa la única vez que nos amamos al amparo de la concordia. Los reproches, las peleas, quedaron atrás. No articulábamos palabras y sí teníamos la necesidad de decirnos algo, tomábamos una letra de nuestro cuerpo, otra y otra, hasta conseguir el mensaje, luego la soplábamos en su conjunto, quedando suspendida en el aire para que el otro la leyera. Así nos entendíamos perfectamente. La boca nos servía solo para besarnos.

Llegamos a combinar esta manera de lenguaje con la mirada, el complemento inteligente, y durante ese tiempo nunca más volvimos a pelearnos. El amor crecía entre nosotros y las sonrisas de ambos eran cada vez mayores. No hablarnos vino a sustituir con creces la falta de colores en mi semen y ya era un hábito al que por nada íbamos a renunciar, de lo contrario, regresarían las peleas. La felicidad nacía ahora del silencio.

Por el alto parlante anuncian la salida, se trata de mi grupo. No quiero perder el vuelo y debo chequear mi boleto cuánto antes. La próxima nave a la luna de Saturno sale en treinta minutos. Los hay quienes piensan que exagero. En cambio, para mí, esa es la mínima distancia que debemos conservar. Por maletas, únicamente cargo con mi esencia.

La última modelo

Lo asumí como un regalo de despedida, qué otra cosa podría interpretar al descubrirlas. Después de tanto sin que pasara, se mostraban de nuevo varias modelos, que juntas lucían como la portada de una revista de moda calientica de los años cincuenta, excepto una que llevaba un bikini casi virtual por lo escaso de la tela que la cubría. Después de casi un año y medio sin fotografías, Mendoza regresaba a sus andadas, y digo Mendoza, pues el dueño desde hace mucho que no asoma su cabeza, ni siquiera por Coral Gables.

Las chicas todas tenían el pelo corto, con puro peróxido y buscanovios en la frente, y una en especial me llamó la atención. Vestía un blúmer rojo alto que le tapaba el ombligo, cogido con unas ligas negras y prendedores plateados a unas medias, rojas, de *nylon*, que le llegaban hasta los tobillos, dejando sus pies descubiertos. Unos ajustadores de copa grande, de igual color, que se me antojaba un chaleco antibalas, moda retro que le quedaba de maravillas. La acompañaban otras seis muchachas con cuerpos exquisitos, dos con rostros familiares para mí, *amigas* con asientos de palco en mi listado de Facebook, que me saludaron con mucho entusiasmo, vestidas con lencería semejante a ella, pero no tan exagerada. Solo una traía un conjunto diferente, apenas unos escasos hilos amarrados a sus caderas salían de una *tapita* pequeña en forma de triángulo con la bandera americana impresa, que escasamente cubría su fresa, una imagen para celebrar el cuatro de julio desde el mismísimo primero de enero, y durante todo el año.

Estaban espectaculares, ya lo he dicho, y sus caras mostraban a siete niñas de *sobrada inocencia*. Sin embargo, la del blúmer rojo enorme, muy diferente a mi vecinita modelo, desemejante a aquella otra que me puso a escribir un cuento, incomparable a Karla, tenía un rostro que no era hermoso, menos *casto* que el resto, pero su expresión en conjunto resultaba muy sensual. Por supuesto, su delgadez era extrema, de lo contrario no habría reparado en ella: un par de senos pequeños a pesar de sus ajustadores aparatosos, muslos largos, piernas alisadas con discreción, y figuraba para mí, en ese segundo —otra vez—, un monumento al amor desconocido, un *esquelético obelisco* donde definitivamente había de dejar una ofrenda. Después de mirarla descaradamente por varios segundos, recordé que la conocí en la fiesta que dio la vecina de abajo una semana atrás, la *waitress* que pinta, con el pretexto de vender un par de cuadros «que le dictara Kandinsky» y celebrar su desalojo.

Borracho desde temprano, molesto por la partida, porque irme de Mendoza representaba un golpe bajo, otro intento para reorientarme, y obsesionado con una pintura de la *waitress* donde se veía a una mujer azul con un revólver verde, a punto de dispararle a un corazón rosado, con un rostro que se le parecía a la flaca del blúmer alto, con impertinencia no dejaba de comentarle a la susodicha flaca que iba a escribir un cuento gracias a ella, agradecimiento que en buena medida terminó correspondiéndole a Karla, porque en la historia la mujer azul, es precisamente ella.

Ela también fue a la fiesta, su amiga pintora la había invitado con la intención de que tomase varias fotos del «evento» para promoverlo después en Facebook y en otras páginas de la web, y me dio gusto encontrármela, y ese gusto iba esta vez acompañado de afecto, muy lejos de la libido que ha estado siempre en mí asociado a su presencia. Ela estaba esa noche bella, muy amorosa conmigo por saberse con ventajas en cuanto a Karla, que me había mandado al carajo por enésima vez, y a todas luces el alejamiento parecía esta vez definitivo para los dos, al menos así lo pensaba Ela, y yo no la contradecía, más por vergüenza que por certeza. Pero nuestro encuentro en la fiesta vino a ser de reconciliación etérea y no a la manera a que estábamos acostumbrados. Y valió la pena esa madrugada que pasamos juntos, conversando únicamente, sin dejar de mencionar uno que otro minuto de nostalgia por Carmen, entre risas, y, por primera vez, nos sentimos como dos buenos amigos.

Las chiquitas trajeron una bañadera redonda, pequeña, plástica, rosada, y allí se metieron a jugar con el agua que les daba por los tobillos, mientras reían como niñas retozonas. Esta vez era una gorda quien tomaba las fotos, y otra señora que bien podría considerarse un señor, centroamericana para más señas, muy seria, las filmaba. El dueño del edificio no se atrevía a asomar su cara. De hecho, ya no era el dueño.

La rubia del súper blúmer carcajeaba feliz. Tocaba los muslos de sus amigas con sensualidad y se agitaba como si estuviese siendo penetrada, repitiendo una y otra vez el movimiento al compás de una música lúdicra, gritando con una voz chillona: *Ass, ass, ass*. Culito, culito, culito hermoso, redundaba yo en silencio, sin quitarle los ojos desde mi ventana mientras una leve erección se marcaba en mi *short*. ¿Cómo no la traje para mí y para Ela aquella anoche, luego de terminarse el *party open gallery*? No, Ela y yo no necesitábamos del sexo, y más que nada, o que todo, quería su afecto, su amistad, que hoy día conservo. Lo simpático: las muy locas modelos siempre vienen cuando estoy ocupado, cocinado la mayoría de las veces, pensé sonriendo, y al entrar a la cocina, una tristeza enorme me arrebujó de pies a cabeza, la que remató en una desmedida ira, y terminé reventando contra el piso un vaso con un poco de *whisky*. Mi rabia no se reducía al hecho de que dejaba Mendoza, extrañaba demasiado a Karla.

Volví a la ventana y la flaca reparaba en que no le quitaba la vista. Reía al verme y le grité que estaba preparando un plato italiano, especial, pero que no podía invitarlas a todas. Ella me pidió un cigarro y preguntó si no la recordaba. Asentí en silencio y le tiré un par de Chéveres. Las restantes modelos aplaudieron y la flaca me lanzó un beso. Regresé a la cocina a barrer el piso, terminar la comida que sería mi almuerzo del día siguiente, y después de casi cuarenta minutos me asomé de nuevo a la ventana. El escándalo, la risa, había cesado. Sentí pena que se fueran y no las hubiera visto una vez más en su retozo. Pero no, pegada a la pared del edificio, justo debajo del ventanal del apartamento de los bajos, allí estaba la flaca acostada dentro de la bañadera plástica rosada, con sus piernas fuera del redondel lleno de agua, con sus brazos abiertos, expuesta, fumándose un buen torcido de cannabis, sosteniendo una copa de vino vacía, mirando a la ventana de mi apartamento como quien espera un milagro. Le pregunté si le apetecía continuar bebiendo, si no le importaba el reguero y la cantidad de cajas que había por donde quiera, si deseaba, además, comerse un plato de pasta con filetillo de res. La flaca, mostrando sus dientes en extremo blancos, con una sonrisa que parecía más bien una mueca, me preguntó si tenía algo más que ofrecerle, de paso una toalla limpia. Le respondí secamente que subiera y terminé por cerrar una caja donde guardé la foto de Amalia y yo, en Coconut Grove, que tanta vuelta diera de gaveta en gaveta, junto con una de Karla y yo en Scotty Landing, una hermosa tarde que no paró de llover. Al abrir la puerta, descubrí con sorpresa que la flaca traía consigo a una paloma blanca.

—Es increíble —me dijo riéndose—, me la he encontrado justo en tu puerta y no ha puesto resistencia al momento de cargarla.

La flaca se llevó en su teléfono una foto de los dos desnudos, acostados en la Kon-tiki, con la paloma encima de su barriguita preciosa, y mi número de celular, con la certeza de que nos veríamos de nuevo, promesa que no cumplí. Yo me quedé con dos fotos de la paloma volando desde la puerta de entrada a Mendoza, no tengo idea a dónde, que he de imprimir en su momento y puede que use de portada para el libro, y hoy escribo desde un sitio donde no hay espacio para sisellas níveas y modelos. De todas formas, no voy a preocuparme, supongo que la paloma me encontrará de nuevo en algún sitio, un día cualquiera.

Paloma, siempre la de mi sueño

Anoche María Verónica y Elena me visitaron por primera vez en mi *efficiency*, y le di el manuscrito a María Verónica, aclarándole que todavía puede sufrir uno que otro cambio. Se lo dije más bien para molestarla, buscarle su lengua, que como asegura Elena, su pareja de tantos años, es un *filoso instrumento* que usa, ya sea para el placer o para atacar, y lo conseguí más fácil de lo deseado.

—Eso lo sé —me reprocha con sobrado gusto y soberbia—, y si no pasa nada *definitivo* es por tu *conmovedora* dependencia. No alcanzas a estar lejos de Karla. Y lo peor, no te das cuenta —añade ahora con ironía, citando a Cortázar—, *hay ausencias que representan un verdadero triunfo.* A veces doy por cierto que te ha dado agua de culo en el café. Si alguien me preguntase si la brujería existe —me dispara, no sé si disgustada o feliz por explayarse, mientras Elena se ríe—, lo juraría sin titubeo. Tú eres la prueba, Bruno. Desde que te conozco, y ya ni me acuerdo cuánto, jamás te vi en una posición tan *frágil.* Y lo digo así por no darle el nombre que merece: pendejadas, mariconerías. Y vas a lograr la versión final del libro el día en que acabes de una buena vez con ella.

—*Bilongo* —respondo tranquilo, no quiero discutir, y Elena, todavía sonriendo, lo reafirma haciendo un movimiento afirmativo con la cabeza—. Ese es el nombre del embrujo: se lavan su fresa, la almeja, no el culo como aseguras, y con esa agua hacen el café y te lo bebes. Ese el *preparado* que, según tú, me ha dado Karla en todos estos años, sin mencionar la posibilidad de que mi nombre esté escrito en un pedazo de papel cartucho enrollado y con miel de abeja. Así suena más elegante al oído, más sugestivo al paladar. Sin embargo, de ser como aseveras, a Karla jamás le hizo falta ni hervir agua. He *bebido*, no te imaginas las veces, de donde brota el *maleficio*, y de qué manera, como para estar sujeto a su voluntad por mucho tiempo. Claro, la *pócima*, sus efectos, no son permanentes, y está el caso de que beba de otra fuente y el acto de mamar una fresa desigual ha de *curarme*. En ese caso, Karla queda como ha venido perfilándose: una historia para contar otras.

—¿Sabes? —continúo mostrando entusiasmo—. El domingo pasado fui a la Ermita de La Caridad, como hago a menudo, sin embargo, lo curioso, frente al mar me sentí un hombre tranquilo, como no me pasaba en mucho tiempo, resignado y además con deseos de continuar, pero solo. Por supuesto, hasta que aparezca en mi vida otra flaca sensual que me arrebate, regenere mis fragmentos, y permita yo que lo haga con prudencia. Y pensé en este *efficiency*, y sentí igualmente ganas de regresar, disfrutar de este retiro. Y me reí en silencio, eso sí, con ganas, cuando se posó muy cerca de mis pies. Hubiera jurado que su pinta me era familiar, que se trataba de una paloma que ya conocía de otra época, otro espacio; aquella que me mostrara la última modelo; paloma que a su vez me tropecé una tarde en Kendall. Y la vi sonreír al escucharme, casi cinco años más tarde, recitándole por segunda ocasión mi poema. Y como si respondiera a mi asombro, a mi alegría de saberla cerca, la paloma me regaló su habitual insolencia, su sarcasmo, que le quedaba bien como gesto, posiblemente más refinado que en la primera oportunidad que nos tropezamos, y que en ese segundo tampoco le cabía en su apretado pico.

Algo que no le comenté a María Verónica, no por cobardía, sino para no escuchar su desaprobación constante, después de estar cerca de mí por unos quince minutos, al momento de volar la paloma encima del mar recibí un mensaje de Karla. En su *text* me anunciaba que estaba en el aeropuerto, que en minutos se iba a Marruecos, que me extrañaba y pretendía conversar conmigo de vuelta a Miami, cuando todo entre nosotros estuviera más calmado. Contemplé al mar, a la paloma que volaba lejos encima de tanto azul divino, lo que no es usual, sonreí con mi sarcasmo de antaño, y apagué el teléfono.

Índice

2018
caawincmiami@gmail.com
www.cubanartistsaroundworld.com

Otros títulos en Erótika de CAAW Ediciones
disponibles a la venta en Amazon.com